與樓共舞

余光中題

与楼共舞

李冈 著

长江出版传媒

长江文艺出版社

李冈，1973年出生于湖南平江。1988年开始发表作品，迄今已在《文艺报》《诗刊》《十月》《海外文摘》《星星诗刊》《湖南文学》《诗歌月刊》《芳草》《海燕》等发表各类文学作品数百件，十多次荣获全国及省、市诗歌（散文）奖，个人传略及作品入选《中国散文家大辞典》《中华诗人大辞典》《湖南当代作家大辞典》及多种年度选本。已出版诗集三本，散文随笔集一本，主编文学丛书一套。

二级作家。系中国诗歌学会会员、中国散文学会会员、湖南省作家协会全委会委员、湖南省诗歌学会常务理事、岳阳市诗歌学会会长。现供职于岳阳楼景区管委会。

目录

舞得更漂亮
——李冈诗集《与楼共舞》代序

李元洛

俗云：有其父必有其子。此话当然也不尽是，大诗人李白之子不仅其名不显，而且还不知所终，名诗人龚自珍是他所处时代的先驱人物，但其子龚半伦据说却是带领八国联军去圆明园烧掠的汉奸国贼。然而，此话毕竟也大体不差，因为遗传与家教对人的品性形成和日后成长毕竟举足轻重，如北宋苏洵之于苏轼、苏辙兄弟，如南宋岳母之于岳飞。李辉模先生乃当今岳阳"怪才"，系岳阳文坛艺苑多才多艺的人物，其佳公子李冈今日头顶诗人的青青桂冠，为岳阳乃至湖南诗坛的青年才俊，想来也绝非偶然。先天的禀赋与后天的熏陶，李冈的《歌唱父亲》一诗，出具的就是诗的证明或者说诗的明证。

由于种种原因，我在二十世纪九十年代前期就宣告于新诗论评金盆洗手，并以一联自嘲自况："刚参军的散文新秀，已退伍的评论老兵。"二十多年来，虽然偶有不得已而为之的"失足"，但确实婉辞了许多相识的朋友与不识的作者之邀约，也拒绝了好几位达官贵人和富商大贾的敦请。不料时至今日，不但有其父必有其子，而且有其子必有其父，李冈是我的学生兼好友余三定君的高足，与我间有往还，数年前提前挂号预约我为他的诗集作序，我当时点头而非摇头，以为来日方长世事多变，或可幸免于序。不料近日他携来自一九九三年以至今年的部分诗作的选集《与楼共舞》，同时还出示他曾经歌唱过的父亲之《李辉模作品集》文稿四卷，嘱我同时作序。辉模先生出身草野，历经坎坷，艰难困苦玉汝于成，其成就实属来之不易，我和他有相似的经历，为其作序当是出于感同身受惺惺相惜之情，而为李冈的诗集作序呢，除了他确有诗才与好诗，还因为我承诺在先，只好父子同序了。

唐代以诗名世，誉为"唐诗"，反之，诗在唐代因诸多有利条件而彬彬大盛，这一时代又美称为"诗唐"。从宏观而言，我认为今日的时代并非是一个适宜于诗歌发展的时代。写诗需有诗意。诗意何来？来自生活，来自大自然，来自诗作者的心灵。当今的社会越来越商业化功利化娱乐化低俗化，优美与崇高离我们日已远矣，日渐成为稀有物与奢侈品；大自然受到严重破坏，人之赖以生存的自然环境日益恶化，曾日月之几何，激发美感的江山逐渐不可复识；今日之作者呢，精神世界与社会现实相应，也普遍日趋世俗与荒芜。有多少人能稍具李白的气质与才情？有多少人能略备杜甫的胸襟与品格？有多少人称得上是严格的现代意义上的知识分子？从微观而论，且不论今日诗创作本身之诸多流弊痼疾，仅就诗坛整体而言，也弊病丛生，其病灶主要表现在：唯官是捧的官场化，唯利是趋的商业化，拉帮结派的山寨化，互相吹捧的江湖化，审美标准各是其是的无序化，以及否定传统、汉语水平低下而唯西方诗人与诗歌之马首是瞻的恶性西化。我们应有世界性的文化视野，但一般诗作者大都不能亲炙原文，而读的多是二流的译本。但丁，早就认为"诗是不能被翻译的"，雪莱也说过"译诗是徒劳的"，而美国现代名诗人弗罗斯特也曾说"所谓诗，就是翻译之后失去的东西"。放眼今日之域中，如果能对诗歌还怀有一种宗教般的信仰与热忱，能在心中还葆有一脉超乎红尘世俗与蝇头微利的向往美好的高洁诗情，能对众生与世界还秉有一份当下关怀与终极关怀，能对美丽的汉语以及由它写成的优秀古典诗歌持有一颗敬畏与顶礼之心，这样的作者，就是值得我们十分尊重甚至敬重的了。

即以审美标准而论，今日也是众说纷纭，各行其是。有的论者认为没有人能提供一个具有普遍意义的好诗标准，有的论者则站在所谓"现代"与"后现代"的立场，强调与时俱进建立所谓新的审美规范与审美标准。我却以为，虽然时代不同，潮流有别，诗作互异，爱好殊殊，但正像世间万象万物都有其质的规定性与辨识标准一样，诗之所以为诗，在千变万化与时俱进之中，总有它不变的质的规定性，是变与不变的统一。否定"变"，肯定趋于一成不变的保守与僵化，否定以不变应万变的"不变"，诗则将不成其为诗。例如"人"，从时间而言，虽然有古人与今人之分，从民族而论，有中国人与外国人之别，从性别而辨，有男人与女人之异，但作为"人"的基本定义则是：能制造和使用工具进行劳动，并能用语言进行思维与交流的高等动物。同理，世上万物都有其鉴定标准与识别尺度，诗岂能例外？好诗之所以为好诗，也总有它基本的审美规范与鉴定标准，由诗歌发展史与读者接受史所提供，为同行与同好所公认，至少应为多数写诗与赏诗的人所认同与肯定。如果出于种种对诗的误解与偏见，或出于种种非诗的诗外的原因，各是其是，各非其非，甚至以不懂为懂，妄言欺人，以故弄玄虚为高明，以装腔作势为先进，以呓语胡说为新潮，以个人之见代替客观准则，信口雌黄，随风唱影，珍珠就可能不幸贬为鱼目，而鱼目则有幸可能捧为珍珠，甚至是黄钟毁弃而瓦釜雷鸣。

谢冕与孙绍振是当代名学者和诗论家，二十世纪八十年代初以"崛起论"名噪一时。二〇一二年岁末《文学报》发表题为《诗歌的现在与未来》之对话文章，我高兴地看到，他们现在都强调古典诗歌的传统，谢冕说"我们中国人为我们的古典诗歌而骄傲，不懂得唐诗宋词，我们就不配做中国人"，孙绍振说"关键是不要忘记传统，这是我们的本钱，越是现代的，应该越是传统的"。他们也看到当今诗歌创作的流行病，谢冕说"很多所谓的探索，都还没有走出对西方后现代主义的幼稚模仿"，孙绍振说"一些理论家学西方的一些皮毛，以跪着的姿态为荣，忘记了西方艺术有太多的皇帝的新衣"。他们都对当前的诗歌创作深表忧虑，谢冕说"现在许多人的创作完全封闭在自我中，自说自话。我对诗歌的前景感到迷茫"，孙绍振说"我们看到诗的垃圾，说这是诗的垃圾，却需要勇气"。除他们而外，最近我偶然读到了另一位以研究先锋诗歌见长的诗论家唐晓渡谈诗的文章，他也说"古典诗歌精神是一团活火，从来都没有熄灭"，他又指出"现在的很多所谓的'诗'，其实根本配不上诗"。我对此当然赞成，但晓渡又说"没有人能提供一个通吃的、放之四海而皆准的好诗标准，因为根本就不存在这样的标准"，则我却不敢苟同，并期期以为不可。都说明诗坛的积弊未除而流弊丛出，造成这一现象的原因固然很多，但缺乏大体公认的诗与好诗的标准正是重要原因之一。

我个人心目中的诗与好诗，无论古今中外，尤其是现代汉语诗歌，至少应该符合几个基本条件。数年前我曾著文提及，在新近出版的《诗美学》(修订本，人民文学出版社出版)之"后记"中又予重申，现在补充申说如下：

应有基于真善美的普世准则的对人生（生命、自然、现实、社会、历史、宇宙）之新的感悟与新的发现，使人的精神世界得到拓展、丰富与提升，而非相反；

应有符合诗的五大基本美学规范(鲜活的意象、巧妙的构思、完善的结构、精妙的语言、谐美的音韵)的新的艺术表现，使人感受与欣赏汉语的语言文字及其组合方式之美，以及诗歌的艺术表现之美，而非相反；

应有激发读者主动积极参与作品的艺术再创造之新鲜感与刺激性，让人始于惊奇继于喜悦而终于智慧，而非相反。

以上所列三端，虽不敢自诩为众所公认的公论，但也自信绝不至于沦为大言欺世的谬见。方之李冈的诗作，他的作品大多具有诗质，有不少上佳的诗的片段，也有若干可以称为好诗的作品，如《南江凤凰山赏樱花》《为母亲写诗》《沱江夜》《背诵〈岳阳楼记〉》《大隐》《致终将逝去的黑发》《汴河街》《雨中》《范仲淹》《杜甫》《李白》《兄弟》《故乡》等等。李冈如大体同意我对于诗与好诗的看法，也不妨回首自己诗的历程，检视自己诗的果实，对号入座，进而举一反三。

中国古典诗歌，是当代中国新诗不容轻忽更不容否定的大背景大传统，有待今日有识见有才华的作者广征博采含英咀华而予以创造性地转化，以丰富、提升和发展我们民族的包括"五四"以来的如新诗在内的诗歌传统。我以为，李冈在阅读与取法西方诗人与诗歌的同时，还应该潜心去古典诗歌的殿堂朝香，进而将传统作创造性的现代转化。就他的诗而言，古典诗歌的巧妙构思、意象扑捉、言约意半以及语言的音韵之美，都特别值得他去心领神会。例如他有不少题画诗，其中虽有佳作，但如能对古典诗歌中那些优秀的题画诗着意观摩，在艺术表现上当会更上层楼；此外，他的创作还不能只是听其自然地随感或有感而发，写诗已经历经岁月，而且人到中年，他应该酌情选择并确定自己的题材领域与方向，作集中而深入的开发与拓展；还要提出的是，四十而不惑，他应该超越流行，力避从众心理，着意追求和形成自己的独特风格与品位，诗人绝非商人，但优秀产品总是标牌独具。

是所望于辉模先生的薪火传人，是所望于学生的学生李冈。法国现代名诗人瓦雷里曾说：散文是走路，诗是跳舞。希望与岳阳楼共舞的他能舞得更漂亮。

二〇一六年七月溽暑于长沙

2011

~

2016

一座楼，一个人

一

我听到昨天的声音
是我的音质，有青春的唾液
和被湖风熏黄的颤音
在一株广玉兰下
青砖正裂开缝隙
收录下我无法修复的言情
新生的青苔真像我初长的胡楂
刮了又生　生了再刮
只有影子在盔顶的庇护下
不曾被刮走

二

当我确定长廊能避雨雪
便不再顾及头顶是否茂密了
关于檐牙，关于匾额
关于弃我而去的古今谈笑
可搁置在廊中的每一个方位
这么多年了，只有我关注它们的冷暖
知道用朱红的问候安抚每一个汉字
它们和我同属一片天空
有彩色的祥云和回纹格
我之所以拒绝了鸟群提供的翅膀
是因为无法找到高飞的借口
我的生命已从廊头铺展至廊尾
我的朗读

已经挂满琉璃的端口

所有的人都看见这里的每一寸长廊

不仅收留了我的脚步

还收容了我的灵魂

三

他们都朝我走来

似乎早已约定，在一片水域中漾动波光

城垛敞开着，将一排镜头拉成了新奇、激动

我也敞开着，谦和之礼相迎每一粒尘土

一扇门敞开着，陌生人依然陌生

熟悉的人早已摆出了毕恭毕敬的姿势

在殿堂内将自己一点一点变得渺小

他们都停下，诧异于一张宣纸构建的殿堂如此辉煌

并急于在文字中虔诚地寻觅真相

也许只需短短的几十分钟

他们会在窗外投射的光芒中找到答案

谁都不曾想到的是

为了他们的到来

我和这座楼已经等了整整一千八百年

南江凤凰山赏樱花

飞出童年的并非凤凰，而是凤桥
借助一条细长的江，我漂到中年

每年，我的春天总是立于浮萍之上
没有哪一声鸟鸣能识别江与湖的含义
它能衔走的不过是枕边的耿耿晨霜
而此刻，春天像一把灯盏
照亮了我少年的脸庞
当我用母语问遍每一条道路时
万花飞舞，花径直抵山腰
我无法抱住这半壁山仞
却被万亩樱花紧紧相拥
我理解它们朴实的等待
千年了，只为我的归来
年年都要掉下粉色的泪

在这个春天里，凤凰来或不来
我都不敢私藏任何秘密
既然已经在那年的春天中交出了啼哭
我更愿意在另一场春天的大风中
交出自己

团洲

我们淌着春色过去
在湖之洲，色泽已经泛青
辜负了一个季节的时光重返今天
狭长的湖汊已经装不下满目春光
只有我们，才如此迅速地找到藏诗的地点
它们分散在湖床上，田野里，以及芦苇的家乡
在经历了一场重大的自然变革后
以更加坚强的姿态萌动于水鸟的叫声中

一直将有水的湖区才视为洞庭湖
而无水的湖州其实是晾干了水分的古诗词
不论有无阳光，都裸露在那一册辞书上
春风翻过去，注脚仍在团洲
我们不会追逐它的源头，
也不关注十里还是二十里
重要的是身后的春阳是否跟上来
和油菜花一样灿烂地打动宁静的村庄

既然已经敲开初春的门扉
我们不仅想带走这里的泥土、花香
更想将每一个诗的字眼深埋于此
只有这样，我们才能在万顷良田间
负责任地交换春天

洞庭湖的鸟

我认识它们时，湖水是平静的
平静到一片羽毛就能掠走任何波光
巨大的天空下面
它们扑闪着渺小的翅膀
不让一寸阴影占据
水下，一定有滚烫的思想
在支使它们不停地将叫声变成水声
将水床变成温床

一卷浪花里，我看到它们从起点到终点
完成深度的叙述
青天下，湖水也是青的
在如此夸张的背景里
它们翔集，以水为支点
在一篇浩瀚的文稿中调整位置
逝水悠悠，它们的叫声一声慢，声声慢
慢到说出的心事仍是宋时的腔调

被水声打乱的　还有翅膀上的诗行
不一定整齐划一，却总能按自己的节奏
将烟波招至八百里以外

长沙遇雨

说来就来

将挽留的诚意渲染到极致

我只是过客，比雨先到

却只能藏在雨声之后

这里的每一滴雨都会成为我想家的理由

即使它们不期而至在贾谊的家门前

将一个新都市淋得诗意招展

而我的文字落在这里的某一个巷陌时

没有人顾及它的任何感受

更不会有人撑开一扇屋檐

让它作短暂的停靠

没有谁知道，我和雨

都来自异乡

不同的是：雨被这座城市接纳

而我徘徊的身影

只能装饰它雨后的惆怅

雨中，在蔡甸

一

一定是有某种力量的牵引
才能让我随雨潜入蔡甸
在一座绿得分不清春夏的山上
我和雨，同样分不清来自黑夜
还是白天
只有淅沥的声音把过往的杂念荡涤干净
在许多有名无名的路口
可以放心地把一些心思敞开或留下
也可以将山风中不时闪出的诗句
随意抛掷湖中，如一枚雨滴恰到好处地落下
正如蔡甸将九真山如此古典地摆放
竟是我们可遇不可求的寻踪，在这里
脚步无法丈量出它的纵深
因为高山，因为流水
在我到来之前已经将所有的寻访者视为知音
瑶琴声隐去了，片段犹在
识别者不一定是樵夫
也并非来自异乡，一千种异乡的语音在这里
都会化成一种声音
唯有我在小心地调弄琴弦上的文字时
将窗外的飞瀑
当成了昨夜的雨声

二

众多的诗人，形成的诗气
幻化为我们似曾相识而又陌生的湿气

一种冷凌空而下
另一种冷远离了靶心
在栈道上收集眼神、寒噤和唏嘘

我相信，江边的那丛芦苇一定是真诚的
它的摇曳不是来自风
风不会将一个母亲的叮嘱在雨中淋湿
然后隔着一江水互道珍重

而此时，雨雾弥漫
我们在江汉平原上飞驰
这一根根雨丝正是我们交出的诗行
在平原上郑重地播洒
要知道，冷与暖的交替
从来不会来得没有缘由

三

只是匆匆的对视，汉阳便走过来了
阴也好晴也好，那些树永远都绿着
在一篇墓志铭中浮现的身影
始终都在寻找一段音律
而我们不敢轻易触碰一根枝桠
是担心会弄伤那年的相见恨晚
但是，我们永远也不能理解
为何只有汉阳的树下才能觅到知音
我们只知道在明山秀水间的相逢
其实是这一生中的又一次别离

雨　　比之杜甫，我更喜欢雨

不管时节和地点

不论雨丝还是雨点

更不问它们从哪里来

只要发生，我可以生出无数窃喜的缘由

便能在巴陵城头完成一场花事的嫁接

用星星雨点点燃湖中的渔火

在西门城头，将一湖水墨

酣畅地泼回三国

甚至，我将它放进了儿子的名字里

这样，我便能日夜呼唤

直至年老

读画（九章）

水墨画《剩水》

所有的水涌过来。
没有人询问他们的来处
无论是沧浪之水还是涓涓细流
在这里，融汇是唯一的选择

时间真的不多了
聚与合本是平常事
遗憾的是，在同一个河道中
为何会有不同的走向
以至于那些树和湖草被拷贝成两种境界
一种模糊
另一种比模糊更清澈

水墨画《雾》

总是给自己找各种笼罩的理由
在天之外，若干个层次竞相浮现
恰似我们的目光被层层网住却又
甘心到视而不见

这些浓与淡的符号
往往植根于我们的不经意间
我们试图彼此江湖之间
可太多的隔膜、猜忌
总是在眼前闪动

很多时候想化成一根树
用不同的树杈去挑破那层纱
虽薄，却总是将我们牢牢罩住

水墨画《冬至》

一截残藕，不再展露肢体
最冷的水无法漂白一节秋光
阳光会越来越生硬，生硬到映照的影子
只记得来自昨天

许多东西必须搁一搁了
从现在起，水面以下的风景与我们一一道别
水面之上的眷顾
会在一口热气中撑起这口荷塘

水墨画《询花少女》

她的名字中一定有颜色
或蓝或红或青，也许都不准确
也许并无颜色的字眼，却闪耀着高贵
这种高贵毫无疑问会伴随她一生
即使是在最灰暗的日子

我的想象过于偏激而又不堪一击
一个女人，被花簇拥
绽开的花苞只藏下她的青春
余下的流水怎能映出往日的容颜？
一朵花，一种花
在飘来的路上不管呈现何种色彩
都将在一种目光的注视下
绽露花语

只有手心里的春光才让人觉得：
安静地美着，胜过复苏的万物

油画《野渡》

无人。连野渡都不算
为了迎接一片黄叶的飘落
小舟横卧于苇丛中，独自向天
而天空投向水面的云彩具有双重身份
你觉得它偶然的与水波相遇
不过是为了多年后对一片礁石有所交待

一片树叶之所以无法选择最后的归属
是因为舟子虽然简陋
但只要水在，云在
便和远处的小屋一样
值得我们投以信任的目光

油画《秋恋》

我想到了梵·高
为了一片金色，作了一生的守望
他把金黄色如此细腻地排列
让走不出去的童年突然有了铺张
在这样的背景下
万物高贵，旷野凝重
连风都显得仪态万方

只有云朵清楚
属于她的绚丽在金黄之外
哪怕只是一朵小花
也会领她走回村庄
村庄后面，雨水充沛
生长着梵·高的向日葵
和遍地的童谣

水彩画《雾中人家》

晓光微散　远山如烟
临水而居的家园
充满爱意和清纯
总让人想起诗歌最初的颜色

许多的时候
梦跌醒在河滩上
盼望熟悉的足音来自那一座石桥
可一路响起的
仍然是流浪的云

国画《枯荷听雨声》

如果雨声还不来临
它们一定会在遗憾中将距离拉近
然后，相互老去

尽管死水微澜
却并不能让它们的内心有任何激荡
它们想　与其一生在这片水泽中
像一抹枯笔迟早会交给一张熟宣
不如在水分干枯时选择昂首

而此时，雨从画里跃出
只几滴便将它们的想法淋透
在水的上端，在雨的下端
要坚持一种境界需要多大的勇气
尤其在一片雨声中
只能各自睡去

国画《家园》

没有比这更熟悉的情境了
所有的物件都像我们饲养的宠物
在某个早晨，恢复昨日的亲情

我们离开这里的时候
感觉得到它充沛的活力
那时，鲜花肆意绽开，屋檐下的流水
就是一首动情的诗
连电线缠绕的对话都洋溢着笑声
在村庄外的课纸上传播
后来，我们总爱在信封上写下它的名字：家

只有这里的记忆是新鲜的
哪怕有一天它会老去
我们也会沿着各色花朵
寻找那年在树下刻下的名字
是否还在家园的目录中

和叶茂常、熊牧在博物馆

二十多年了，我们都成了文物

被陈列在万猛的工作室

当一把吉他弹出过去的旋律

我们摇头，几乎不相信博物馆还能收藏

这么久远的呐喊

一缕藏香燃起了

将多年前的想法徐徐焚烧

唯一能快速浇灭的只有一壶茶

浇下去，我们四人在杯中的倒影

仍然是立着的标本

父母守候着我的结石

他们在等待一颗石头的落下

这情形和当年等待我的降临没有区别

那么小的体积换来我那如此大的叫喊

甚至能盖过我当年的啼哭。这些年来

我的声音日见沧桑，沧桑到无力喊出体内的

痛和不痛

即使这样，在他们面前

依然是那时的童音，永远没有变声期

其实，这并不是他们带来的

我的肉身历经九九八十一难后

早已面目全非，体内充斥着异物

而他们自责得像一个做错了事的小孩

和我一起承受着疼痛

我感受到世间的公平就此坍塌

一颗细小的石子，阻碍了他们给予我的血液

血统虽不高贵

同样容不下杂质

容不下流淌的路途中遭遇暗礁

我看到他们同仇敌忾

粗重的喘息声被细细的点滴声淹没

我担心的是

就算他们抢过我的疼痛

也随时会被一颗细小的石子击倒

小乔墓

英雄与美人无法合葬
是因为英雄气短还是美人情长
一千多年里，被一卷卷波涛叹息
犹似当年的腾腾战火
总是烧出胜败
败者扼腕，胜者则以汤汤洞庭水
浇灌城池

再坚固的城池也藏有柔情
千丈也好万丈也罢
满城的阑珊灯火里，他们望见
相同的故乡正被不同的书体撰写
所有的墨迹
全都流进三国

绝世的功名依然在大风中
绝代的美女隐身于一座楼后
看女贞树年年生长传说
庭前的车马碾过满地相思
也载不来昨夜的夫君

一夜

一夜似乎比一生还长

从黑到白的过程，能容下一生中的呼吸

在貌似平静的路灯下

潜伏着最活跃的想法

它们都被一个长长的影子所包裹

能剥开的，一定是白天未曾绽放的花朵

一夜，只是一夜

却让所有的声音藏匿

一只野狗的狂吠

并非对夜的背叛

它要喊出的，比梦呓要真实得多

所有的书生都想成为柳毅

都在羡慕柳毅的幸运
考场的失意与情场的得意
同时安插在一个书生的头上
原本是洞庭湖风吹来的一则美谈
后来，湖水浅了，芦苇枯了
牧羊小调被一鞭鞭地抽动
被抽到的只能是一介书生
因为他人无法造就的执着
成为所有读书人落寞后的寄托

在一片湖泽里
再美丽的想法也会被漂白
只有一口泉眼
才会冒出我们的形象

为母亲写诗

四十三年里，二十八年飘着诗行

却找不出您的任何身影

这是一个诗人的失败，和缺失母爱毫无二致

尽管您的形象，远非寥寥几行所能描述殆尽

但因为少了您的存在，我在诗路上跋涉

时常被一场不期而遇的大雨淋湿

即便我再焚烧诗稿

也无法抵挡寒气袭人

母亲，一个儿子见证了您一生的光辉

一个诗人却错过了您的美好年华

当我邀请您走进我的诗行时，窗外秋菊凋零

您的安静，远比一片水滴观音慈祥

世人都明白

其实我才是您一生的作品

在此之前，我错误地认为只有十月的我才属于您

而您完成作品的痛苦藏于文字之后

轻易不被察觉，正如您操持一生

却平和依旧，丝毫没有发表作品后的喜悦

因此，我坚定地认为

唯有大师，才能如此淡定地将满天的云彩

托付给天空

而我们对天空的赞美

却被一团团的云彩夺走

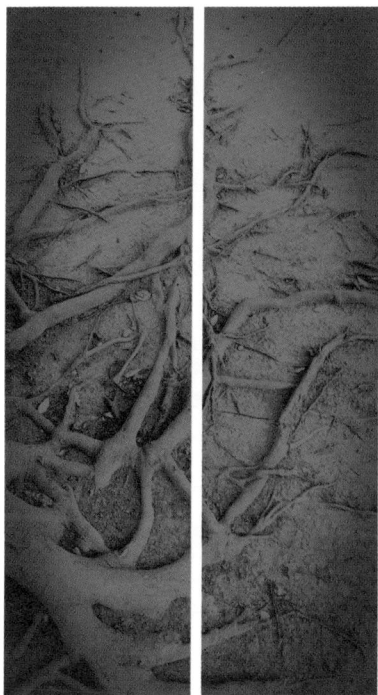

洞庭秋声

一

一切复归于平淡
树叶随阳光愈走愈远，它们顺从的风
已经乘着尘土的翅膀
在洞庭的肩上四处奔跑

裸露的湖床上，水草聚散无常
时刻留恋着一点一点远离的故乡
太多的离别，注定发生在秋天
透明的宿命，似乎在这个季节
要烙上恨与别的印记。千里烟波
无法安抚一寸思愁

湖水有些凝重。如同流经中年
有些收获，更多的是回眸的感伤
美丽的流逝，沉重的叹息
只有残月才能映照出埋藏心底
多年的秘密

你说，该是哪一出安排了我的前世今生
在迟来的落花里，在薄薄的时光中
安放人生的秋天

那么，就留住洞庭最精彩的情节吧
袅袅秋风中，木叶依旧绿着

二

西望过去，洞庭是一阕瘦瘦的词牌
淡雅的格律透着凉意
一声一声的唱和之后，月会更冷
水会更皱，窄窄的秋风里
雁阵时缓时急，穿行在南飞的诗行中
掠走了洞庭的丰满

昨天的那一叶扁舟
和夕阳一道消失的帆影
终究载不下盛唐的忧与伤
湖水浩荡，心事沧桑
一世的功名几经濯洗后
在洞庭的秋夜　无助地彷徨
琵琶声远去了，抚琴的人在轩窗外
目送细雨斜斜，渔灯隐约
渡鸦撩动着梦境，朦胧深处
多少人夜卧兰舟，枕了一湖秋水
被巴陵的酒醉湿，半盏时光，半盏馨香
别了那来时的声声马蹄

将一季的思念
盛满洞庭的秋

三

湖烟升起，我们熟悉的语言
从湖底漫上来

秋色染遍了灰色的背景
湖苇恍如一道城墙，围成另一个家乡
湖水在血管中尊严地充溢
灵动的血性，自由的奔忙
即便渔歌初歇，箫声渐远
也不能阻挡我们的视线
找到金黄的鱼舱
曾经的网，自如地挥洒成
坚实的希望

湖烟，这面缓缓升腾的旗帜
无数次举着它淌过流年，风雨无阻
再遥远的星空也有亮着渔火的梦乡
飘过来，飘过去
早已将四季托付给洞庭，而只有洞庭的秋天
才会在期待中泛着波光

四

必须调整姿势。

这样端坐，如何能抵达古人的意境
记不清第多少顷波涛了
拍岸的声音　只在清醒时响起
一记一记
多像我这一生日益重复的声息

就在这个朝代打住
献礼是我无比丰盛的四十一个秋
在湖边，衣袂与杨柳飘飞
我临湖而坐，将朗吟收起
可是，任凭我极目四望
也找不到昨天的来路和明天的
归期

想起昌江河

我必须将所有的感恩都堆积于此
才能抑制住内心的起伏
多少年了，昌江河的每一次流动
都像我梦中的奔跑
即使是零碎的水花
也能映现出清晰的童年
而我总是忽略头顶的云团
它们有着我少年的轻盈和纯洁
无拘无束，自由行走
不必为了生计逃离故土
只有风吹过，才明白它们对天空的眷恋
也有如此之重

前半生的行走，高高低低
只有这条河堤知道每个路口
都将烙上的印记其实就是我的胎记
当我向一面阔大的湖半遮半掩地展露白发时
那一头青丝犹在昌江河的河床上

这些年里，我听到的喧闹
一阵一阵盖过流水的潺潺声
一年年的烦恼长过了河滩上的野草
世间的一切美好来去无踪
正如莺飞草长也只是在春天
我的春天保留至今，不被污染
包括白天的蟋蟀，夜晚的蛙鸣
以及被河水滋养的尘埃
它们都将成为我毕生拼接的碎片

屈原在洞庭

郢都尚远
你的王，此刻正在宫殿把玩月色
你是他月宫中的囚徒
一路狂奔，也无法抵达九天
去看日月如何连属

那么重的叹息
会惊醒沿途的苍鸟
多艰之民生，多难之国运
岂是你一声叹两声叹所能释解的?
你误将流放当成了远游
一路的风尘，一路的憔悴
长髯与思绪被风吹乱
步履比叹息更沉重
每一次的回头里都只有雾雨淫淫

这里不是汉北
依然有大河之洲的沉沙
你巍巍高冠的吟哦有如沅芷澧兰
入了洞庭
心境随水波漾动。
本欲枕波而眠，翻晒浪漫
手执管箫唤醒一座湖心的岛屿
无奈七音早已被泪斑打湿
又如何能唤得回九嶷的湘君?
当湘君和湘夫人年年的守望年年跌失在沙洲
当渔夫将沧浪之水濯过来泼过去

你知道　偌大的洞庭像一面铜镜
却无法映照真实的灵均
即便心净如水，也无法能心静如水
心底的波澜掀翻飒飒秋风
此时，一片小小的木叶都是一片巨大的阴影
笼罩的原是你一世的洁癖

纵目远望，已辨不清郢都的方向
你身处国度却又如去国他乡
行吟泽畔，与怀王已相去甚远
屦印亦愈来愈彷徨
哪里才有和自己一般清澈的江水哦
可以洗净一生的无奈
飞腾的凤鸟衔来汨罗的名字
你看到一条江正从你的童年流淌过来
所有的轨迹都被它浩浩吸纳
厚重而雄浑。你听得懂它古老的言语
知道它流经的方向
正是你心向往的地方
纵然这条江载不走悲愤
怀抱的胸襟依然会在上游流淌

五月，沉沙还在品读你今生的情怀
江水已映照出千年的模样
只是你不知道　这些年来
尽管汨汨流动的是你的血液
但它已不再是属于一个人的河流

春天里

春天了，我还在闭门造车
想象季节更替，词语翻飞
我没有任何理由怀疑我的亲人
他们替代了我文字中的冰凉后
轻轻揭开一页日历，以歌吟的方式展露
内心的风和日丽

记忆也渴望被抚摸
我手捧阳光，像更年的复杂
知晓人间的冷暖
却又将冷暖拒之门外
此时，在一片绿叶的感召下
语言有了水分，问候在抽枝发芽
我重新打量自己
是否能在第一百首诗中破茧成蝶
然后迈开绅士的步伐，走进一场奏鸣曲中

二哥

他的家乡盛产甜酒
他喝着甜酒长大，抿着微笑
柔和的酒味溢出汨罗
到湘潭，到岳州，到一座楼下
绵长的时光里，总是将一丝回味
带走又留下

他的直率尽在一碗酒里
你能看到的，是从杯口到杯底的真诚
喝了，喝了，农家的出身
让他知晓种植的不易
一食一箪，他一一回敬
包括老少，包括从高翘故事会中走出来的
忠孝礼义

温和并非甜酒的代名词
他的温和恰到好处，调理适中
背后累积的涵养足以使一个异乡的人
望得到故乡的灯火

局长，主任，都将是昨日的标签
只有称呼二哥，我们才会想到
任何涨水的季节里
有一位兄长立于船头
他撑着一杆桨
将水边的日子舞出了甜酒的芳香

六月，长江的忧伤——写给『东方之星』

一

这不是你们想要的江南
江南的湘风楚雨
常年飘飞美丽。在河之洲
在渔歌响起的地方
每一处渔光都闪烁着问候
今夜，你们真的要在此留宿了
当风和浪作出挽留的姿势
我知道
这里不再是你们的他乡

可以尽情游弋了
在这片陌生的水域里
以一生的呼吸
重新回到母亲的腹中
这里的水草能指引道路
会告诉你们　岸上仍有风雨
避一避吧，回家的路上不能没有阳光
过了今夜
月会升上来　祈祷会漫过来
会有古老的方式
还你们一个诗意的江湖

其实，我们都是时光之外的尘埃
只是我们站着　你们躺着
水中的轮回，在暴风雨中完成

二

真像我的父母，站在夕阳中
他们相互搀扶，完成一次又一次的坚守
他们的行囊朴素而简单，正如对我们的嘱托
只言片语却温情荡漾

别惊醒他们的梦
从水上到水下，梦的热度依旧
在梦中，他们正和亲人分享山色湖光
正将一个节日的祝福
同样送达至孙儿的梦乡

只是一瞬间的隔望
所有的喘息还没来得及融入沿岸的此起彼伏
便被水面撕裂成一道长长的口子
像一把磨刀闪着寒光
长驱直入，割倒远山，割断归期
被倒置的，还有一生的留恋
和无法抵达的家乡

被江水洗濯过的梦
远离了金陵的喧嚣，清澈得看不到忧伤
曾经的满眼风烟
如今化成了万顷波涛。灯烬之时
客船也会老去
会静静地陪伴他们
将长江遥望成另一个故乡

秋雨湘西

向西去，山雨飘过来
再远的山也会被想象淋湿
我的匪气惊魂未定，行走于
四合的暮色中

现在，终于可以焚香沐浴
从北往西穿越一部经典了
雨是打不湿章节的，雨帘掀开
依旧秋林染尽
闪出的一叶扁舟上
站着清水含烟的翠翠

陌生的问候不请自来
背篓盛着踩破的宁静
被雨挟持，我必须在雨中完成马帮的指令
才能沿着一条江找回它
在篝火通明中，听山歌又起

沱江夜

颜料和夜都没在这里了
它们在白天各自为安
只有在晚上，才能如此随性地
左手执夜，右手搅动一江秋水

一万种声音，从城墙上
奔涌而下
彩缎正将吊脚楼裁成倒影
横着的江面，随手便能抽走任意一条楼阁
涉江而过的，仍是古老的虹桥

只有河灯是高贵的
它在万千灯火的簇拥下
轻轻载走了夜色

三个男人

三个男人坐下来。在无窗的包厢
随意的谈吐不时冒出热气
尽管外面有喧闹，偶尔会冲淡他们的对话
但他们固执地认定：只要有门
只要有一方桌子围绕
他们的处境便是安全的
连轻微的一声咳嗽都不会背叛

这只是一个过程，窗外依旧云卷云舒
他们各自怀着心事
又将心事放入壶中煮沸
有时候，火候的把握
可以直达一生的沸点

在无窗的房间
他们将对话一层层剥开
又迅速合上

名城构想

我这样描述家乡：山色，湖光
一座名楼在风中巍峨千年，一篇名文光耀古今
这些，足以成就一座名城
春风从城墙经过，指缝间春光明媚
众鸟歌唱
这样抒情的城郭，叫做岳阳

一座港口的岸线，一道温暖的臂弯
江湖吞纳日月
有千帆过尽，雁声藏在云影里
如果我在夜半醒来
一定是被家国的风雨所唤醒

大江与大湖，一个城市独有的骄傲
波涌洞庭，风起洞庭
城门开启的声音在空中回旋
当我们聆听月光升起
下游的波涛已经溅到巴陵的潮汐

昨天，我们是春天邀来的客人
品读它的过往
而今，新的篇章让众生喜悦并歌唱

江湖名城

一幅画卷就这样铺展开来
浓墨重彩，在七月恣意流淌

那么多新鲜的血液注入城市的肌肉后
我们的城市开始奔跑
长高长大只是一个过程
只有奔跑，才能感受到它的爆发
才能在历史深处，听到它
有力的脚步声

我们知道，这一天已经来临
当我们饮下晨露，邀来鸟鸣
新的一天已经在版图上跃动

家门口的幸福原本如此简单
天蓝着，水绿着，依江伴湖的城市
正将月亮与我们的距离拉近
绕开钢筋和水泥，听到许多自由的呼吸
如果恬静到没有任何声音
就让我和城市　都变成画中的人和物

现在，以前所未有的底气
守候我们的江湖

邂逅碑廊

它不是冰凉的，体温一直在流淌
横的，竖的，直的，弯的
任何姿势都呈现沧桑，却又不显老态
静默之外，更有审视

咫尺的接触，恍如隔了无数春秋
不敢随意触碰它，是担心会
触及陈年的旧痛
今生如此安详，而前世
并非笔法所能表达完成
我们所见到的雕琢
其实是流年的印痕
时而凝重，时而流畅
在一方小小的空间里
将朝代的烟云挥舞成今天的窗口

张家界天生石桥

那么恰到好处地落下
将两座山衔接起来

从此，所有的惊悚
都被称为桥下
而桥上的惊叹
被云层带走

夜歌

坐下来，不是斗嘴
不是凭不烂之舌赢取香烟、礼金
旋律不一定美妙
他们并非专业歌手，无法用歌声打动孝家
也不能慰藉亡灵
他们的功夫来自大脑的反应
嘴巴只是表现的工具
四言哼唱
要压住整个灵堂的呼天喊地
在悲戚的氛围中，允许偶尔的插科打诨
但同样要求韵律相当

在浓浓的夜色中
歌声穿破灵堂，像一声声祷告
在夜空闪动
许多人的一生
就在这样的对歌中被画上句号

送别
——悼罗石贤先生

今夜，再明亮的月色也无法镀亮

所有的无眠，与清风为伴的人

与他干净的灵魂一道不辞而别

带着一生的热爱，匆匆抛下了眷恋的江湖

连轻轻的挥手，我们熟悉的儒雅也未曾留下

便和大地紧紧相拥了，那里湖山灵动

曾令他梦绕魂牵，而今，一抔黄土

又怎么容得下那么多深情的歌吟

无数次亲手设计的生离死别

今天却被无情地复制，先生

你怎舍得这洞庭夕照，如诗似火

怎舍得这金鹗秋色，菊桂飘香

怎舍得这些经年流淌的经典

泪流成河，思念凝成霜！

西辞了寒柳，故人依稀

从今后，只能怅望于长亭外

听杜鹃悲鸣，声声啼血

看那些文字羽化成蝶，翩然于

我们的精神上空

还有多少新的绝唱，注定

要成为今生的断章了

就像今夜的潇湘月，必定美得残缺

先生，你是人世间辉煌的过客

转身而去的仙风道骨

承载了太多的精彩

累了，就放下吧，放下所有的悲欢

其实，你的人生永远没有谢幕

经停一个驿站后，在西风中掀开另一个章回

那里的河谷不再荒凉，清菊正恣意开放

那里，依然有连绵的喝彩和

驰骋的文场

路　真像一个赌徒
　　疲于奔命，大把大把的月黑风高
　　都丢弃在这条路上了

　　那么长，已经横穿了半生
　　成全了我的背井离乡
　　好在还有些许自慰，能满足我片刻的虚荣
　　它们绕过我的童年
　　然后一点一滴堆砌在路口

　　其实，每个路口都站着我的影子
　　默默看着我和它一起老去
　　只是我更懂得感恩
　　懂得它的存在，是我此生无法的割舍
　　虽然每个路口陌生的身影
　　无非是匆匆的擦肩而过
　　在高与低间
　　将一种语言变换成另一种语言

　　那么，请继续收纳我的脚步
　　无论站在哪个尽头
　　我都希望垂直呈现

树

密。风都透不过气
在我们之上
不是所有的讨论都具有意义
比如雾霾，比如失联，比如一切
让我们觉得多余的蔓延

只有方向才值得期待
才会使我们在向上的时候
忽略自己的位置

车流

将城市折过来叠过去
身份仍然是明朗的

曾经，我们为了一寸立足之地
背叛了家园和家园中悠闲的
鸡鸣、狗吠、蛙声
一声也好，一片也罢
总能让我们在一首诗里找到自己的影子

而现在
我们被城市叠成了一个纸人
在高楼间飞来飞去
片刻的喘息，都会被车流声覆盖
再大的声音，也会下沉到底层
然后，无声无息

当我们自己都无法辨识身份的时候
或许只有远在天涯的鸡鸣、狗吠、蛙声
在万籁俱寂中
唤出我们的乳名

我把秋天留在南湖

必须借李白的秋水
才能邀出今夜的月
而白天的烟色
渲染成无限画意，只会让我在顷刻间
和盘托出心底的波澜

静如处子。
连风都屏住呼吸
生怕一湖水溅湿线装的古籍
我们立于书眉之上
紧紧握住的，原是唐朝的一声咳嗽

点染我的并非秋天
而是被秋天纵容了的南湖
没有任何事物能阐释我此刻的虚无
你所见到的
是被秋天掏空了灵魂的
湿漉漉的倒影

失眠

闭上眼，仍能望见黑暗
浩瀚而深邃的黑和暗
将我汹渡到梦的边缘

一些人和事，浮着的
世界。他们要在天亮之前
完成与我的对话，我们
依旧在晴朗的时空里
说着明白话，干着糊涂事

看啊，这么大的世界可以由我来设计
即便不能主宰
也能使一个夺命的主题
訇然倒下

老油漆匠

他用腻子刮底，用桐油熬漆
将一件件家具涂刷一新
即使没有绘画功底
也穷尽一生将红的花绿的草，以及黄色的鸟
送到了家家户户
整个村庄因为他而变得色彩斑斓

当他用尽所有的色彩，离开人世时
全村人只还给他一种颜色
送的花鸟虽然绚丽，却被一场突如其来的雨
淋成一张白纸

书法

离我越来越远了
我的点横撇捺竖弯钩
我亲爱的兄弟们
仍然围着文字在取火
以各自的姿态展示肌肉的美感
窗外的文明正喘着粗气
我和他们握过手，他们那般伟岸而又
那么不食人间烟火

多少年了，游走于一片海
并且被光芒的灿烂不停打断
对于不识水性的人来说，靠近
就是溺亡或眩晕

我努力使自己更像一具笔画
无论行走的姿势多么浓淡不相宜
也要和我的兄弟们一道
相拥回家

陪李元洛先生登幕阜山

被我的童音念大
山依旧丰满如少女
而我已不再是昔日的少年
山风再大，吹老的只会是我昨日的脚步
此刻的登临，将会留下唐宋的旅痕
每一步都有着不同的释义

林涛阵阵，华盖如云
迎来金声玉振
是箫声悠扬，是剑气凛然
是岳麓的红枫捎来十万亩的问候
这湘北的山脉
何时有过这么巨大的声响
一句吟唱，就能牵动我四十年的乡情

从山脚到山顶
我与云一道追逐
面对山的伟岸，我唯有仰望
方能领略云端的风景

异物

手起刀落，一件增生的异物被取出来
虽然来自我的身体
却并不知道它潜伏的时间和动机

其实，我的体内还有其他值得取出的物品
比如名利、自私、狭隘等等
它们盘踞在体内的任一角落
成为令我恐惧一生的异物

列车上

列车从黑夜划过
没有留下任何离别的话语
窗外，一个个地名被我记住
又远远地抛开
在我的生命中，它们其实并不重要
偶尔的停靠不会增加半点温暖
正如我每天拥日出入怀
傍晚时才能找回遗失的笑容
不同的是，我能设计好列车的终点
却无法预测日落的时辰

名字

曾祖父的墓碑上

刻着我的名字

四十多年来

一直以楷体的姿势跪在他的面前

碑上的泥土固执无比

我用城里的矿泉水轻轻擦拭

只是为了让自己的名字更加醒目

村里的人从这里经过时

大声喊着我的小名

而我墓碑上的名字

正被一年年疯长的长镰草所掩盖

生日里

这一天究竟属于多少人
又有多少人和我一样将这一天牢牢钉住
似乎是专利不容侵犯
自私到希望所有的空气里只有自己的呼吸

"生日快乐"
祝福声中，又一年轮转过
过去一年里的人和事被卸下
生命的驿站中，我将它视为一个节点
尽管每天朝夕依然，不会有任何新意
我也无非被人世间多抛弃一年
但这个节日像一面镜子，折射出的是成熟、衰老
以至于当所有的人们都沉浸于欢乐之中时
即使没有一弦一柱
我也会思念我的华年

背诵《岳阳楼记》

那朗朗的读书声
是从庆历年间飘过来的吧
一夜之间
萦回于楼的上空
即便少了些衫袖的飘飞
少了些吟哦的顿挫
而那熟悉的韵律
恰似世纪的翻版
只是贴上了春的标签

这些文字
被洞庭的涛声淘洗过
被历史的指纹抚摸过
它静静地躺在巴陵郡的怀抱
九百多年不曾褪色
而今　被习习春风拂过
被更多的思想搜索后
它的成色历久弥新
它的分量
早已超过了自身的紫檀

或长烟一空，或薄暮冥冥
人们记住了洞庭湖
或不以物喜，或不以己悲
人们记住了一种精神
拍遍那些斑驳的阑干
让这些长短不一的句子
在心中碰荡千遍万遍

那么，你我无须诵读
也能走进
灵魂的家园

长乐故事会

人生的故事
被小镇精彩地演绎
没有舞台，土地便是百姓最大的舞台
方寸之间
展示悠长的情节

帝王将相，才子佳人
一段历史
被高高撑起
半节传说
被写意地渲染
乡土的道具，古典的装束
诠释着五千年的文明

那些高跷
走过来的并非全是故事
他们只知道：站着，就是一种高度
可以俯瞰大地，傲视九州
他们的高度就是一个民族的高度
多少年来都是顶天立地
站着更是一种语言
告诉这个国度的人们
稳健的人生
是一步一步走出来的

汴河街庙会

平平仄仄的石板路
铺满了夸张的叫卖
喧闹的市声
如洞庭浪花簇拥
一浪一浪
掀过了北宋的繁华

精彩的社戏
热闹的杂耍
繁忙的交易
这些欢快的乐章
在汴河街来回跃动
还有水墨丹青
借洞庭之水点睛
着红袍的春联
将春天的信息一点一撇地传递

方言在这里擦肩而过
方味被滋滋品尝
拎着街头或是街尾
就是拎着一幅清明上河图
勾勒出的脚步声
在 2013 年的春头奔忙

穿过 3517 工厂

我未能赶上它的繁华
却参与了它的没落
这是我的幸运还是它的悲哀?
每天，我像一粒胶囊般穿梭于它的腹部
却药效甚微，溃疡与糜烂分布
迟缓的吸收无法改变症状

而那口烟囱的喘息
连咳嗽的力气都没有了
当年指挥修烟囱的人
现在在棋盘上运筹帷幄
他手捏一枚棋子，颤巍巍地举棋不定
树叶子一片片掉下来
整个过程平静又残忍

铁轨同样平静
它已不记得是何时发出过响声
南来与北往，那时的繁忙
都被越来越深的野草覆盖
那些野草来自南北方向
时间长了，淡忘了出身

在一条铁轨面前
它们卑微，以百般妩媚
暖热一堆如废钢铁般的旧事

而我就像这条铁轨
穿过了它的南与北
作为一个外人
找不到任何破坏它风水的理由

大隐

别了汴州，别了峨冠博带

别了一个时代的喧嚣

只是一个转身

他们便走进了袅袅炊烟

没有车马　没有市声

只有林中的鸟叫和

诗意的雨声

和清风一样干净

和布衣一样质朴

他们坐在时光深处

将二十四农歌诗意地打磨

风是他们的耳朵

云是他们的眼睛

寒暑无比沉静

唯有那一涧溪水自亭前流过

将一个个故事

缓缓地流淌过来

流向大埝　流入史乘

没有什么比这更惬意的了

他们徜徉在山水之间

悠然采菊，荷锄而作

连柴门外的犬吠都是那么动听

偶尔也从村头的树梢上

收到风带来的消息

他们爱情的身影在晨昏交替出现

在这样的土地上

任何的爱与情都无比纯净，没有丝毫杂质

因而才能孕育出忠良的后代

他们是山的儿子，秉承山的传统

却不再像山一般沉默

喝下那碗自酿的谷酒

他们走出大山　走向沙场

直至走出一门英烈

隐蔽不是逃避

真正的大隐

和山一样伟岸

一滴血

一滴血，来自管道
自身的颜色从不示人
它离我很近，近到能够听到
咆哮的声音

一滴血，阅历丰富
参与了我所有的经历
我人前的激昂、人后的自卑
都在它的洞察中
而支撑我今生的点点滴滴
在一滴血里
被稀释、溶解，直到无影无踪

我极力掩盖，不使它暴露
是因为一滴血能出卖掉
我的一生

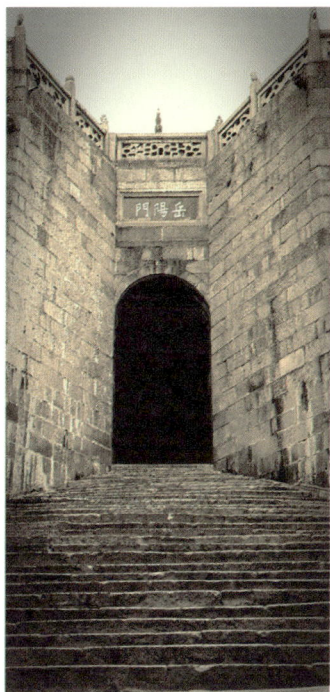

致终将逝去的黑发

说好了相守百年
为何中途便选择了逃离

曾经的郁郁葱葱
覆盖了我的少年和青年
我们完美的组合，谁也不曾背叛谁
而不经意的一个转身
你们纷纷出走，在风中抛洒我中年的标签

还有多少魂不附体的
请站出来！不必在头顶孤单地摇曳
无助的坚守，一次又一次作出
分离的姿势
也许，我们缘分已尽
我带你们来到这个世界
却不能给你们最后的归宿
这是你们的不幸
还是我的悲哀？

所以，珍惜每一刻的相拥
决裂终将发生
在每个不知名的路口

从远方来

赶车的人与风尘一拍即合
它们的关系构成远方

他把远方当成了盛大的爱情
身体内的誓言沿途开放

有时候，风一吹
他袖中的词语便会道出人间的悲喜

他的远方
是其他人的风景

回乡书

家乡的机耕路越来越宽阔

有如我的前额

能摆平诸多的江湖恩怨

我的额头上书写着宗祠的标签

送我走天下时，晨曦初露

而我渐行渐远的身影

在暮色中才能遇到层层叠叠的雨泪

多年后，他们都说我有出息

只有我清楚

在外面走过的路虽然平坦舒适

脚板底下却没有留下半点沙粒

请原谅我的洁癖

我干干净净地走出去

只想干干净净地走回来

徐斌和他的天鹅湖

读书时，他将天鹅藏在心底
偶尔也用自行车载到南津港的堤外
在一块石头上写下比鹅毛还大的理想

后来，他把天鹅的羽毛插到了画板上
洁白的想法逼退蓝色的天空
所有的风都聚在一起
讨论一片羽毛如何飘过洞庭

现在，他正从天鹅的身体里走出来
看云卷云舒，阳光正好
奥杰塔在湖中心舞步轻盈
一个少年手持风筝
替他放飞了多年的梦想

后山上，躺着我的祖先

他们参与了开山
用一世的时间熟悉山中的每一块石头
有些植物绿了又黄黄了又绿
却始终不肯让一滴露水沾湿他们的名字
在这座山中
他们卑微，名字细小
在每座坟前培土，清扫
喃喃自语地叙说世间的事物

他们开垦的土路
从家门口延伸到山脚下
只需撒些白色的花瓣
送葬的人群便望见他们洁净的一生
被一只雪白的天鹅衔走

他们的名字终于被无数倍放大
大到每个字里都贡着酒肉
香火缭绕时，山依然不见成长
只有坟顶的野草长成了悲伤

一场雨闯进了我的梦

不由分说地闯进来
打乱了正在发生的故事
没有任何迹象表明
我是黑夜的俘虏，却被雨声挽救

一场雨从额前经过
千军万马的雨点，零碎的步伐
刚与柔如此并济
征服一介书生的一夜
动用了人间全部的软硬
当我从梦乡回到雨乡
一声咳嗽成为我逃离的罪证
其实压着我胸口的
并非一场雨
而是被雨击中的感伤

桃花山诗会记

我和春天之间只隔了一层雨

而我乐见这样的场景：春风撩开雨雾

大地祥和，鹅黄扑面

一群写诗的人没有惊醒鸟声

选择了一年中的好时辰

在通往三国的古道上聚集

我相信人间的美好正被一棵千年银杏收拢

打开时，春光倾泻

万束光芒射向仰望的人群

只需一束便够了，哪怕沾着雨水

便能让满坡的树影集体噤声

甚至，连山泉也无法衬托庙宇的静寂

它流动时，山是空的，心是空的

慈悲不过就是一泓春水

出家人将春色藏在一盏清茶下

还未抿，就放下了心底的杂念

我的杂念来自一朵桃花

还来不及记下它的名字

便在山壁上绽开成我前世的模样

2000

~

2008

书房

不停地朝家里搬书
书房不大，却容下了不同的出版社
它们或大或小，以相同的姿态
在书架上自觅归属

我被它们包围的时候
也正是被孤独围困之时

阳光却总是无法眷顾它们
只在某一个时段
照见背叛者的空虚

双公祠

一段文坛佳话
成就了一座木楼
千年不朽的神奇

共同的抱负
相同的遭遇
北宋的一场大雪
比八百里快骑还要快
飘降在岳州和邓州的驿路上
一直下到庆历四年的春天

滕公的心情
与重修后的楼一样灿烂
他深远的目光
穿过九百多年的时空隧道
与我们对接
而范公三百余字的点睛
点化和滋养了无数古人今人的心灵

又是一个春天到来了
两位雄才巨卿穿过江山胜景
在临湖的祠堂
一代又一代地
诉着宠辱　叙着乐忧

汴河街

是盛唐的叫卖
还是宋朝的吆喝

长长的青石板路
长不过新鲜欲滴的糖葫芦串
热闹的街市
热不过刚出笼的汤包

酒旗招展
好酒是唐诗泡出来的
诗的意境
从街头渲染到街尾

走过汴河街
就是走过一段历史
先祖们市井的生活
被我们重新拾起

洗澡

赤条条　赤条条
无牵无挂
漫漫水雾中
升腾起一个真实的自我

曾经这样走来
却被世俗裹上外衣
色彩斑斓的外衣
虚伪的外衣
掩盖着纯洁与真诚

此刻
我和我的灵魂一样
坦坦荡荡
不受束缚　不受污染
在狭小的空间里
舒展着可怜的
自　由

诗歌来源于生活，是对生活体验的提炼、洗澡本来是一件日常小事，但诗人却从这件小事中，感受到了不平常的一面。诗人以洗澡为载体，讲述生活中的故事，这和闻一多要求的诗歌的『本真』相统一。

这首诗歌反映了『一大一小』两个不同的空间，在这两个空间却产生了相反的效果。

现实中我们身处的空间很大，出生时我们真实、纯洁、真诚，但那只是『曾经』——『曾经我们这样来过』；现在我们用世俗的、五彩的、虚伪的外衣将自己裹了起来，由于束缚、污染使得我们不能『舒展』。洗澡的空间本来很狭小，但在水雾中升腾起的却是『真实的自我』，是一个能『舒展自由』的地方，虽然因为空间的狭小，这个自由是『可怜的』。大空间的束缚和小空

间的自由是一种现实的情境，在读过诗后，很容易引起读者情感的共鸣与深思。

在诗中，诗人把『我』和『我的灵魂』作为两个相分离的意象：在现实中受到束缚和污染的是『我』——意指裹上外衣的『我的身体』，更重要的还有『我的灵魂』。当我是一个赤条条的所在的时候，犹如出生时，我感受到了一种坦荡和自由，虽然是在狭小的空间里面，所舒展着的一个可怜的自由。现实的大空间中能舒展开的是身体，而洗澡时能舒展的是『灵魂的自由』。空间的大小是相对的，大空间不一定能够获得自由，相反在小的空间却意外地舒展了自由，因此自由的获得，也是一个相对的概念。

（邹建军、陈富瑞）

茶·友

正如这茶
正如这水
知心的朋友
就在茶水中
有滋有味地品着友情

没有美味
没有佳肴
茶很淡
水亦清
知心的朋友
远离了酒肉
就在一盏月下
拉近了距离

不怕蒸发
无须冷藏
愈来愈淡的是茶
愈来愈浓的是情

中国茶文化比较浓厚，历来都有品茶的传统。「友」和「茶」一样，越品越有味道，因此受到历代文人的关注，但茶和友也不一样，茶越品越淡，情越品越浓，不怕蒸发，无须冷藏的是茶，更是友情。

在篇首，诗人运用类比：没有美味和佳肴，品的是「有滋有味」、「如茶」、「如水」；第二、三部分运用了对比。在茶水中品友情。愈加衬托出朋友的知心，境界的超脱，茶淡、水清，远离了世俗的酒肉，诗人品茶的投入，怡然自得的神情跃然纸上；接下来的两个「否定」——不怕蒸发，无须冷藏，其实也暗含着一种潜在的对比，「愈来愈淡的是茶，愈来愈浓的友情」，和我们传统的用酒越陈越香越类比友情不同，用「淡」和「浓」的对比，进一步肯定友情。

这首诗的主要意象是「茶」，还有其他意象如「水」、「月」等，「茶」、「水」、「月」组成了一幅意象图。在这样一组意象中品味友情，犹如李白的《月下独酌》，但并没有无人亲近的冷落，别有一番韵味。

（邹建军 陈富瑞）

开山坳

草枯了，草荣了
大雁依旧往南飞
年年如日的开山坳
新添了坟茔

曾经被他们无数次耕耘
一辈子的交道，一辈子的希望
开山坳的土地
如今却将他们深深掩埋

蜿蜒的山路
留下过辛勤劳作的汗水
从山脚到山巅
一双草鞋的屐痕隐约可现
勤劳的身影
被一口山泉映衬得分外澄清
而今啊而今
汗水化作了泪水
勤劳的身子
以从未有过的整齐穿戴
交给了他们最后的开山坳

草枯了草荣了
风吹草也动
传诵着一个千百年的好名声

桃之夭夭

汛期如期而至
桃花的汛期
在三月的江南总是不请自来
带着妖娆
和扑鼻的香

桃花的红渗着水
潺潺流过一个季节
在溅湿诗意的时候
花瓣纷纷扬扬
和着节拍

那些寻寻觅觅的脚步
是永远走不到东晋的
桃花比晋朝还要古老
沿着一条花径
他们追索的目光越过千年
同样是桃花
晋朝可以垒成仙境
同样是春天

花开的声音却大起大落

只有吟哦的风声

不分时段

在满眼的桃红里

流传着桃花和渔人的故事

桃之夭夭

桃花和春天有个约会

桃花就是春天的请柬

陪余光中先生游洞庭

无需再赊月色
先生
诗歌的光芒
足以照亮八百里洞庭

短棹飞扬　浪花飞溅
打湿千年的时光
水天之间
极致的美，有节奏地漾开

可以邀李杜来
在湖上　以青螺为食
以湖水为酒
以山水为茶
蘸洞庭之墨
挥洒千年华章
让千年之洞庭，飘满诗歌之芳香

对话

——给儿子雨阳

一

真是一念之差
生命的酝酿原本是这般简单

儿子
在那个细雨轻飘的季节
你的父亲
在等待一个收获的夏天
他踱步于一扇门之外
一阵阵抽打在他身上的
是你母亲十月的尖叫声
痛苦而又幸福
儿子
你急不可待地穿透一个世界
才选择了如此夸张的动作么
痛苦的折磨
幸福的折磨
晨曦悄然而至时
我的儿子
握手吧

二

世界是如此静谧
我听得到你均匀的呼吸声
起伏之间
天地充盈着幸福

你的父亲

完成了神圣的使命

在迈向二十世纪的那一刻

将他一生最得意的作品

毅然留在十九世纪的边缘

三

请抓紧我的手　儿子

我是你的依托

从接待你的那一刻起

上天便将你托付给了我

抓紧我的手

即便脚步蹒跚

也能立成"人"字

从眼前走起

从平凡做起

父亲给予你的

除了唐诗宋词

和他钟爱的中国汉字外

便只有嘱咐了：

路很长

要走稳

四

告别母乳

我们用同一种语言对话了

稚嫩的声音

无瑕的话语

这是你父亲童年的翻版吗

你的祖父

用他蘸满苦难的墨汁

为你谱写欢快的乐章

我的儿子

生活是这般美妙生动

父亲想对你说

为今天干杯

「父亲」是一种权利，是一种骄傲，更是一种责任。诗人对儿子的爱是深刻的，「请抓紧我的手／儿子／我是你的依托」，是多么坚定而真诚的承诺。诗人教儿子从小就「立成「人」字」，把自己所有的才华都教给他，并不忘嘱咐：「路很长／要走稳」，也足见其对儿子的爱之细腻与博大。

而从儿子一降生，诗人就把他当作一个男人，即使是「稚嫩的声音／无瑕的话语」这种对话只有心有灵犀的父亲与儿子才懂。

儿子的童年，让诗人回想起自己小时候的生活场景，诗人的父亲也对自己有着深刻的爱，几十年的苦难就为后代能够生活欢乐、幸福。

生活在现在这个和平年代的人是幸福的。诗人也禁不住与儿子「为今天干杯」，这也饱含了自己对儿子无限的祝福与希望。

（阿涛）

新生命，是个机遇的过程，是父母亲爱的最好结晶。其诞生，是既简单又复杂的，十月怀胎，只有伟大的母亲才承受得了，何况生产时的巨痛，是我们男人永远无法想象的。诗人形象地写道：「一阵阵抽打在他身上的／是你母亲十月的尖叫声／痛苦而又幸福」，这是母性最直观的崇高呀！

对孩子最深刻的爱，让她们甚至「以死的决心」忍受岁月长时间的折磨。

「晨曦悄然而至时」幸福感便在父母心中无限增长了。诗人以特殊的幽默质问儿子：「你急不可待地穿透一个世界／才选择了如此夸张的动作么」其实是对妻子生产的担心。

天伦之乐，是人世间最美好的事情。「听得到你均匀的呼吸声／起伏之间／天地充盈着幸福」此刻，诗人的心是多么的快慰与幸福。每个儿子都是父亲「一生最得意的作品」啊！

1993

~

1999

黄鹤楼

九天之上
鹤在翔舞
鹤的颜色
就是楼的颜色
在长江之畔
千年仡立

那些琅琅诗声
全散落在鹦鹉洲头了
鹦鹉洲头的芳草
随风而舞

辛氏的酒肆依旧兴隆
有仙人以长江之水为酒
以黄鹤之声为乐
在黄鹄矶头演绎善恶

且看鹅群洁白如玉
踱步于美丽的传说之间
书圣召唤的声音正越过山坡

唯有崔颢最懂煽情
他把一首诗咏来唱去
使白云千载
黄鹤不复来

岳阳

——画册《岳阳》序诗

如诗，如画，如歌，这是洞庭；

亦真，亦善，亦美，这是岳阳。

尘封的史书，掩不住她厚重的昨天；喷薄的朝阳，挡不住她夺目的光华。在楚天云霞处，在洞庭烟波里，她身披霓裳，风姿绰约，与栀子花一道散发出淡淡的馨香。

岳阳，一个古老的名字；岳阳，一座崭新的城市。八百里洞庭，赋予了她勤劳善良的美德；千古一楼，充实了她博大的忧乐情怀；奋进的桨声，诠释着她团结求索的精神。古城千百年的梦幻，正在改革的号角声中得到永恒的升华。

水天相接处，镶嵌着一颗璀璨的明珠，这就是我们的家乡——岳阳。

雨中

多美的声音
只三两点
便将唐诗的意境
淋得透湿

一些蝉声还栖在梧桐上
一些蛙鸣还泊在荷塘中

沉默的人
脚步不再沉默
在雨的隙缝中
他们行色匆匆
将所有的屋檐都当成了家

四海为家的雨
即便在大地上开成花
又有谁会问询你的归去与
来兮

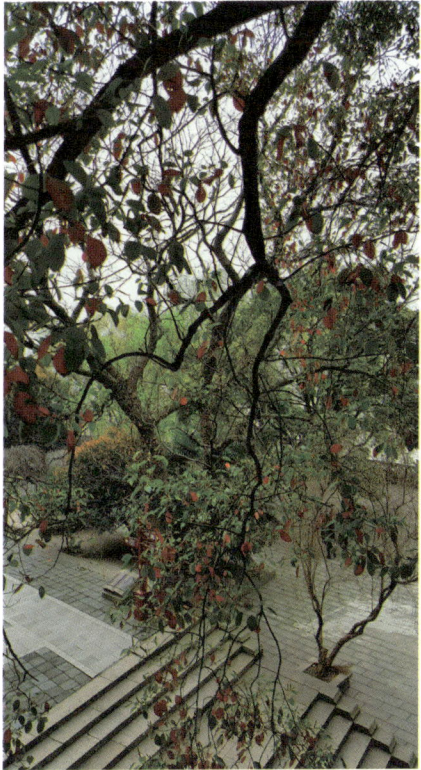

婚姻的味道

把你的一生交给我

在那个深秋的午后　执子之手

我的天空注定要增加一片云彩

天空下的庄园里

我像一个勤劳的主人

操持着庄稼和你我的一生

即使没有向日葵　没有麦穗

也不影响我们的谷仓和

满目的香

锅碗瓢盆也是爱的音符

偶尔的碰撞

会溅出灵感的火花

你像一位指挥大师

有序地调摆着每个节奏

我想说　妻子

交响诗才开头

但我必定是最后的听众

婚姻是爱的陈酿

你轻轻揭开　芬芳四溢

掺合着油盐酱醋茶——搅拌

让我品尝到婚姻的味道

虽然复杂

却很新鲜

红窗帘（一）

红窗帘
温柔地拒绝
窗外的风景

因为红窗帘
家才有了温暖的概念

风吹过　雨打过
红窗帘由红而白
新鲜的故事不再新鲜

只有在阳光敲打窗棂的时候
才想起一些褪色的愿望
应该晒一晒了

红窗帘是人们为了遮挡阳光和隔绝尘世、追求隐私的一种物什，而诗人从红窗帘外的生活中感觉到这个世界的不完美。日复一日的拉开合上，窗外的生活喧嚣而又乏味，人们为了生活奔波忙碌，很难有些闲心和闲情去看看蓝天白云和绿湖远山，去品味明月清风鱼虫花草，自然离人们是那么远。在拖着疲惫的双腿回到窗里的生活时，厮守的灵魂由新奇而变得麻木，于是「风吹过／雨打过／红窗帘由红而白／新鲜的故事不再新鲜」，是什么使我们想起我们的心灵其实最需要温柔的注视和关怀。只有把那些「褪色的愿望」到明媚的阳光地段去翻晒，我们才会感觉到生命其实是十分美好的。（阿涛）

红窗帘（二）

红窗帘

隔断一个完整的世界

许多人在帘之外演戏

我是忠实的观众

时刻静候高潮

红窗帘

拷贝过无数次过时的往事

却总是拉不拢

帘内的心事

主人公是一个静观而深入简出的人，一道红窗帘将他与尘世隔开，他以仙人的心态来观看尘世的复杂与喧闹，似乎在看一场戏剧演出，春秋代换，人间变更，这红窗帘如电影拷贝，而映现无数往事，红窗帘简直就是一部史书。我想问两个问题：一是主人公既然主观上要与尘世分离，为何诗的结尾又说『却总是拉不拢 帘内的心思』；二是诗中为何出现『红窗帘』，而不是『绿窗帘』、『黄窗帘』或『黑窗帘』呢？我想，第一个疑问，可能表明了主人公积极入世和消极出世的一种矛盾心态；第二个疑问，可能表现出主人公的一种特定的感情内涵。意象是可以深想的诗美元素。（邹建军）

美人照

一

展开花季

春天的芳香扑鼻而来

淡雅而温馨

有暖风拂面

纯净一片天空

纯洁一些思想

那些舞蹈于风中的裙裾

美丽若荷　清香如莓

在淡淡的江南水乡

永恒地绽放

一叶微笑

而这个妩媚的季节

是谁青春的脚步

踏中了生命的亮点

二

目光如水

漾出三月洞庭的潋滟波光

嫩绿的人　灿笑若桃

如一朵出水芙蓉

珠唇轻启中

陶醉尘世奔波劳累的目光

着一袭白色衣衫

让生风的车轮

追逐青春的坚实的足迹
此时
我们听到花开的声音
被微风轻轻地传递
山乡水泽　云梦大地

今夜　谁将越过众鸟的翅膀
清脆而纯净地栖息在
千家万户
而岁月珍藏了全部秘密
青春的笑靥才是破译的密码

三

步江南水韵而来
柔曼的节拍直击心房
洞庭的女儿
水一样的女子
双眸似泉
妩媚盈盈
在最美的花季里
绽放灿烂的笑靥
不经意间
轻轻启开的那一种语言
栖落在玫瑰的花瓣

这应该是诗人的题照诗。

春天温柔地到了，美人也急切地展露守候了一个冬季的花期，灿烂地开放着。

「淡雅而温馨」这是美人最自然的气质，整个身段，是那样质朴与纯净。「风中的裙褶」，是那样「美丽若荷，清香如莓」，绽放成江南水乡最亮丽的风景。

眼眸是那样的清澈，「目光如水」，「三月洞庭的潋滟波光」也是属于她们的。

「嫩绿的人　灿笑若桃＼如一朵出水芙蓉」还有什么比如此美丽的比喻更适合形容她们呢？万物因她们的美貌而熠熠生辉，劳累的心灵，也因她们的到来而得以抚慰。青春是一种高昂的姿态，在追求理想的同时，美丽也随风飘舞，「花开的声音＼被微风轻轻地传递＼山乡水泽云梦大地」，岁月无情地衰老了容颜与往事，但「灿烂的笑靥」足以征服所有的皱纹与受伤的心灵。（周瑟瑟）

阳光地段

请停止你的哭泣
今夜之后
仍会有我多情的歌唱
轻抚你的心房

也许阳光还不够充足
也许江南岸还不够嫩绿
但云在天上
水在流淌
云水之间
是我青春的背影和行囊
穿过阳光
一路把童年的歌谣踏响
我不是王子
但我长鞭所指之处
必是白马飞奔的方向
今夜之后
我将是他乡的异客
风吹草动
我青而又黄黄而又青的爱情
在风中飘荡

李商隐乃写情之圣手，如「春蚕到死丝方尽」，如「心有灵犀一点通」，只是读来有些沉闷。

而读此诗有如亲历一番美丽的别离，美丽得连「哭泣」都是「美丽」的。但全诗流露的却是一种沉重中昂扬向上的情绪，令人耳目一新。真正的好诗就是这样「蓦然闯人」心灵的。

「但我长鞭所指之处／必是白马飞奔的方向」是本诗最精绝的句子，他日必成名句。有了这些预言性的警句作支撑，诗歌的品格就已初步耸立。（夏阳）

范仲淹

少年的进士
中年的政事
先生本欲大展宏图
一纸变法
却被贬到了邓州

没有吴县的小桥流水
也找不到塞下秋来的悲壮
一张《洞庭秋晚图》
催生的是千古文章

天涯同沦落
夜太黑　心却通亮
大风自心头而起
先生在灯下运思谋篇　锻词炼句
挥毫的手
将深宵一次次捻得更亮

到哪里去了
那些烜赫一时的帝王将相
先生　洞庭湖潮涨潮落
你却从遥远的宋代
走进了今天的岳阳

杜甫

风涛怒吼　风雨大作
那一叶孤舟怎么能抵抗
今夜漫天的雨雪

巴蜀的茅屋
早已为秋风所破
留下暮年悲歌
在湖湘的船上吟唱

曾经少年壮志
曾经壮年忧患
到岳阳楼时
只剩孤舟一叶
空负行囊

不老的诗心依旧
中州秦川蜀地
终将此地作了最后的归宿
且凭轩远眺
笔走龙蛇
将永不生锈的诗章写在
水之洞庭　楼之岳阳

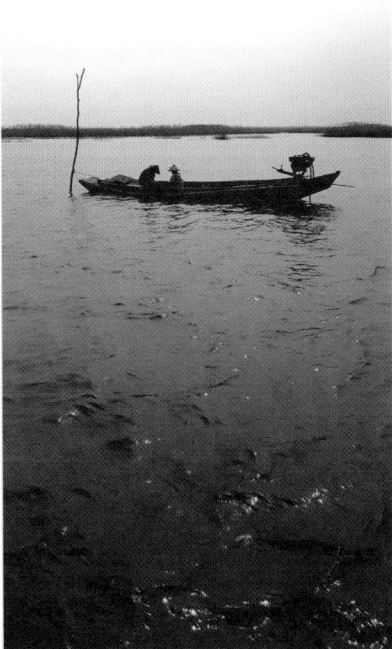

吕洞宾

再来一盅　我的诗仙
将衣袂铺展成地
袖中的青蛇席地而睡
哪管天上的明月是醒是醉

寒光剑影
逼向贪官纨绔
侠义心肠
暖热民间寒凉

好酒啊　洞庭好酒
饮不尽淋漓
品不完甘醇
湖水中诞生的传奇
酒精中浸泡出的诗篇
依旧千年传唱

李白

月桂的芳香如那醇醇的酒味
你仰天而饮
就有韵脚自须间滑落
诗句在酒杯中轰然作响

喝酒是不需正襟危坐的
那样品不出心绪
满腔怨愤　满怀豪放
都交付给月下独舞的剑光

湘水依旧和着歌乐缓缓而流
无限的浪漫　有限的秋光
梦中的意象竟是如此清晰
留着君山吧
即便能划除千年的山
也无法消除千古的恨
倒不如皈依了巴陵
蘸着酒水
挥洒湖山

范仲淹，哲人也；杜工部，诗人也；吕洞宾，仙人也；均为与岳阳楼关系密切的重要人物。

身份有别，相同之处却有：范仲淹忧乐二字惊天下，杜工部满纸心酸为黎民，吕纯阳青锋三尺照人间。组诗不是随便就可「组」的，有了一根共通的主轴，组诗的各个篇章便可提得起，撒得开。在此类诗颇见诗家功力。在我们与三位显赫人物倾心交谈的时候，时空的距离便不存在了，也无需去分辨吏耶？诗耶？或者仙耶？（杨孟芳）

133

兄弟

一母所生的兄弟

我们是结在一根藤上的瓜

瓜熟蒂落时

藤也枯了

前世的约定

我们走到一起来

将时间养大

将季节喂肥

共同的祖传家教

告诫我们：非苦莫成才

我们是同林的鸟

吮吸同一种甘露

尔后羽翼日渐丰满

各奔各自的天空

只是无论身在天涯何处

都会记起回归的窝巢

兄弟在今生

假若有缘

我们再相约来世

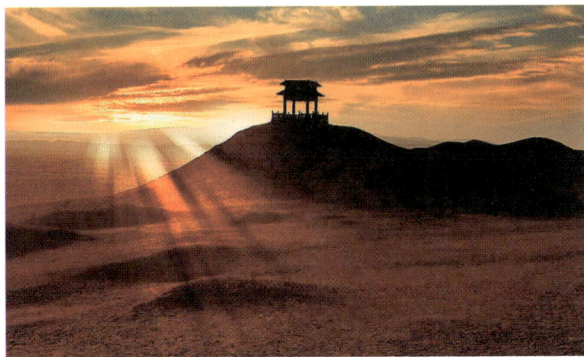

亲情，永远是我们心中排在第一位的。爱情诚可贵，但终究会随时间的推移也会转为亲情。兄弟情，是亲情的一个分支。中国有句老话「打虎离不开亲兄弟」，即再大的困难面前，亲兄弟也会舍命跟你站在一起。

「一母所生的兄弟／我们是结在同一根藤上的瓜」，诗人贴切地将兄弟比作同藤的瓜。当「瓜」（兄弟）都长大时，「藤」（母亲）也衰老了。

人与人的相遇相识相知是需要缘分的，何况是同父母的兄弟。「前世的约定／我们走到一起来」。兄弟一起生活，一起成长，一起聆听祖传的宗教：「非苦莫成才」

同宗同源的兄弟，像「同林的鸟／吮吸同一种甘露」，吃一家的饭，长一样的身体。当「羽翼丰满」，兄弟都长大成人，又要为事业与理想各奔东西了，但「无论身在天涯何处／都会记起回归的窝巢」——家永远是游子牵挂的方向。

兄弟情，今生今世都弥足珍贵，若有来世，仍愿再做兄弟。这是诗人对兄弟最好的祝福。（洪烛）

大雪纷飞

染白了硬树坪的屋檐

寒门裹不住温暖

父亲的啼哭

被风雪挟卷到凤桥

凤桥山高水浅

空荡的天空

留不住飞鸟的痕影

却出现一行宽大的脚板

一副菩萨的心肠

李公浪风

声如洪钟　嫉恶如仇

德望的名声传扬梓里

收下这个孩子

以稻草为衣

以观音土为食

当春天的消息悄无声息地

走进村庄时

他成了我的曾祖父

父亲　你少年的身影

远比如今要矫健

常有破竹的声音

在你脚底响起

而一把唢呐

吹得春水也呜咽

一支夜歌

亦能告慰亡灵

小小年纪

民间应酬得心应手

一部人生大书

你翻开了文艺的序页

之后　乡中学破旧的三尺讲台上

出现了你尚稚嫩的身影

乡村礼堂的舞台上

响起了你样板的唱吟

仅一招一式

便俘虏了我的母亲

红旗猎猎

父亲　你一念之差

就让我在红语录红口号中

出笼了

你酿制的唐诗

供我品尝到如今

花开花落

仍不腐蚀

在高南的黑板上

你于把手教我书写

李刚李刚李刚

一个末流诗人的诞生

在五眼桥下

埋下了他五彩的希望

父亲　当我背着书包时

你的名字已经走进了工厂

绚丽的宣传橱窗

是我向同学炫耀的资本

而一纸招贤榜

你泥土的气息来到了岳阳

文化的氛围

使你领略了语言的美德

生活之上的艺术

让你读懂了人生的真谛

南湖侧畔　绿草茵茵

你求学的朗读掠过湖面

飞抵美文的至高境地

办公室里伏案耕耘的父亲

请抬头望一望窗外的风景

你沉默的品格　无私的付与

即使赢来如许目光

仍会有甜蜜的陷阱

在你的驰骋途中出现

且深不可测

善良的父亲深受重创

悻然离去的

原是一座艺术的宫殿

却没有阳光

铺开徽宣

父亲屏心静气

一挥而就：

会当击水三千尺

自信人生两百年

我看到你的微笑力透纸背

目光依然炯炯有神

醉酒

今夜　我不能醉
醉了　会有不尽的目光
将我的身影追随
干完这一杯
泉涌的诗思在夜空喷发
沁人的诗句在心底滋生
干完那一杯
不眠的是我
不归的又是谁

今夜　我真想醉
醉倒在孔府的后院
与明月为伴
与清风吟诗
我干净的身躯
在酒精中濯洗
洗出所有的思想与
往事的回忆

今夜　我抛开如瀑六弦
纯净的心底

可以映出美人的容颜

美人　美人

我两手空空

空空的两手拥有十根手指

直探向夜的胸腔

面对你多情的眼眸

我会有积极的行为

这是公元一九九六年三月

洞庭南路四十八号

狗肉火锅深不见底

酒却只有三杯

诗人的灵感，有时是需要酒的元素去刺激才能爆发的。

在洞庭南路四十八号，在一个特定的环境中，面对杯盏交错，『我』很矛盾，醉了吧，担心自己一介书生的斯文形象出丑，并且会有各种嘲笑或责备的目光交织在自己身上；可『我』又很想醉，让自己『干净的身躯在酒精中灌洗＼洗出所有的思想与＼往事的回忆。』

当灵魂纯净了，『我』梦里『美人的容颜』便跃然纸上。

面对自己心仪的美人，最大的遗憾莫过于两手空空。多情也罢，无奈也罢，虽然『狗肉火锅深不见底＼酒却只有三杯』，但毕竟我敢于付出真情与行动，所以无悔。（周瑟瑟）

跳舞

没有什么比我更激情无比了

在那样纷繁奇妙的世界中

有一双手被我牵引

然后随意穿梭于海洋

四周是鱼

呼吸相同的空气

摇摆不同的姿势

脚步已游离

踩遍七个音符

每一根血管中

都被输进沸腾的血液

我便不再是我了

感谢一双眼睛的鼓励

让我走正了零乱的步子

今夜谁是我的主宰

又是谁被我制牵

飘泊的脚步

何处是歇息的归途

生命原来是一支舞曲哦

即便走得轻松

也须踏中点子

诗歌的开篇就给人一种动感，舞曲的旋律可以明显地感受到，诗人善于把自己对生活的体验融入到作品中去。跳舞时的旋律反应在每行诗的节奏中，一个充满激情和自由的灵魂，在旋转着舞曲的世界里自由地舒展，使得全诗充满了节奏感。茅盾在评论徐志摩的诗歌时，曾经说过：『诗这东西，也不仅是作家个人感情之抒写，也是社会生活通过作家的感情意识之综合的表现。』同样，在《跳舞》这首诗里，诗人把自己对社会生活的体验融进了诗歌，并对其进行综合、提升……以小见大。一个舞曲就像是一个社会，这里需要激情，可以拥有自由，但我们的穿梭也会影响其他人或受到其他人的影响，偶尔也会走错『舞步』，也需要激励的眼睛。最后一句『生命原本是一支舞曲哦＼即便走得轻松＼也须踏中点子』。生命原本也就是一支舞曲，我们不

能随意地去走，即便是想走得轻松，也要踏中点子。社会有许多潜规则，犹如跳舞须踏中音乐的点子一样，我们要遵循这些规则，把原本的『道理』用『跳舞』作为载体，以诗歌的方式表达。（邹建军、陈富瑞）

抚琴

我这样前卫的诗人

竟会沦为爱情的俘虏

在水的中央

琴声随波逐流

我听到我奴颜媚骨的声音

琴，我不让你走

坐在你青春的宝船上

心情像春天的阳光一般

大把大把地怒放

而一首流传久远的歌谣

令我彻头彻尾地怀想

最后一首情诗

也丢失在去湘西的山路上了

拣拾诗稿的人

不是前世的妻子

便是今生的情人

我至今仍深深懊悔

在那个月缺之夜

没能将一个名字

植入民间的土壤

许多的日子

就像水一样流走

而今　我就坐在一座古楼上

与前人作一些有谓无谓的对话

落难的英雄啊

你拍遍所有的阑干

也无法使千鸟哀鸣

正如我手执百箫
也唤不回远逝的背影

让琴的声音深入我的内部
让琴的音律覆盖我的荒芜
我拒绝喧哗
我渴望飞翔

现实的流沙，力量巨大，再前卫的诗人，也会「沦为爱情的俘虏」，曾经的「我」抚琴而歌，心思是那么灿烂。在「我」将美丽的青春洒在湘西的山路后，似乎注定「我」的爱情也将换一个女主角。多少情，「我」有感而发；多少梦，「我」悉心寻找。可时间，留给「我」的只有深深的懊悔与感伤。现实过于无奈，请允许「我」与古人倾诉衷肠，再近的人已走远再美的梦，也变换了模样。最忠实的琴还在！正给予「我」受伤的心以抚慰，正给予「我」宁静的魂灵以飞翔。在诗中，「琴」是双层意向。（毛梦溪）

147

故乡

记忆中的故乡

被泥巴围绕　被稻子簇拥

一双赤脚就能感觉到家的温度

也无所谓高山和大海

只要有山 就觉得踏实

只要有一条经年流淌的小溪

就能将所有的疲劳和忧愁冲走

蛙声中的夏夜

蒲扇能摇出精彩的故事

天幕上的每一颗星星

就是每一个为什么

多少年了　我们都忘记寻找答案

还有牛的叫声

总在春耕时节想起

犁开的田地　列成纵队

等待秋天的到来

那时　所有的乡亲都是检阅大军

一片片的金黄

被田埂切成无数个方阵

翻来覆去都是喜悦

故乡不大

我的文字却无法将它装下

故乡不长

却总是无法延伸到我的诗行

只有在梦里

故乡才只属于我

只有在明月光的照耀下

我才能沿着一条梦径

走回故乡

空茶杯

让茶杯空着
不必注满别样的水声
空着并非空白
空着　能使我想起它
从有到无的过程

许多对话都沉淀在杯底了
尚有些余温弥漫在杯的周沿
我闻到些什么
淡淡的茶味
细细的幽香

诗人敏锐的艺术感觉在眼前这个再平凡不过的空茶杯里得到了体现。一个空茶杯在诗人的笔下出现了新意。『我』出神地静静凝思，杯底沉淀的是刚才的『许多对话』。『我』在思索『它从有到无的过程』。

一个场景呈现在眼前：『我』刚刚送走老朋友，回来面对着桌子上一个尚带着余温的空茶杯，回味刚才美好的交流。不忍心这样的和谐打破，于是就让茶杯空着；但又怕要倒水的人不明白，于是就说『空着并非空白』，空茶杯空着的是茶杯，并非空白的是『我』的思绪，让茶杯空着，『我』用思绪填满茶杯。于是，

一种哲学意义呈现出来：『空杯』指称一种难以表达的、或许足够独特的生命意义，抑或是一种精神追求。在道家思想中，空即是满，超越了实体即表现为空。从『无』到『有』的过程中正是这一哲学意味的体现。淡淡的茶味就是最美的享受，细细的幽香弥漫在诗人的周围，老友相聚的欣喜和相聚之后难以挥去的悠然惬意，卓然而出。但是，最后三行影响了全诗的空旷性。

此诗的艺术特点有三：一个是对话，另一个就是用不同的感官表达诗人的艺术体验。诗人在开篇就暗示了这样一个对话的存在。对话的主体虽然没有明确的指出，但诗人在轻轻地挥手说：『不必注满别样的水声』，一来可以保持茶杯是『空』着的，同时也可以持续当时的静谧，这样就不会打破刚才的宁静，不会破坏美好的沉思，诗人边说边思考的神情生动。后来诗人仿佛是在自言自语，表达自己的思绪，沉淀在杯底的对话——杯周沿的余温——杯子中飘出的茶香，从杯底一直写到杯沿，进而写到杯子上空弥漫着的幽香，似乎这一个空着的杯子真的就充实起来了。

诗人调动了不同的感官来表达他的艺术体验：首先是视觉，他看到了一个茶杯，并让它空着，接下来的思绪跟着视觉一同游走，然后描写到听觉，似乎注进杯子的不是『水』而是『水声』，杯底沉淀的是许多『对话』，然后是触觉——感受到了杯沿的余温，『弥漫』一词也包含着诗人丰富的想象，最后两行写到了嗅觉——闻到了淡淡的茶味和细细的幽香。悠然的思绪，若隐若现的对话和全方位的感官体验，使得它具有别样惬意的意境，简短而不简单。（邹建军、陈富瑞）

与音乐干杯

此刻　只有音乐与我对饮而坐
干杯！干杯
音乐像老友重逢
频频举杯劝酒

我感觉到音乐像股透明的液体
晴空之下不泛任何光
清澈而平缓地淌过了我的心床
音乐之外
尽是些世俗的风景
狠狠地抽打我的听觉

梦中的目光该投向哪里
梦中的双手该挥向何方
音乐　请你抚摸我
像初恋的情人般柔情
我们干杯！
干共鸣之杯！
我要一一饮尽你敬我的那些酒滴
不作任何浪费

饮酒的姿势与心态同样妙不可言
在这个静寂的夜晚
杯声中晃荡出一片和谐的语音
那是你在导我的思想么
音乐

一曲终了　音乐泪流满面
兄弟　后会有期

『音乐』意象特别显著，可音乐又是『飘忽不定的』，不仅音乐本身是不可捉摸的，作为意象也处于不断变化中：时而是诗人对话的主体——重逢的老友，能与诗人举杯共饮，能劝君进酒，像脱离了音乐本体的一个听众，一曲终了，能够『泪流满面』，仿佛诗人要离别的兄弟，道声『后会有期』；时而又是『音乐』这个原本的实体，像初恋的情人般柔情，在这样一个音乐环境下，酒不醉人自醉，诗人在『妙不可言』当中陶醉。

『静寂』的夜晚同时存在着几种声音：杯声、音乐声、抽打听觉的『世俗的风景』，还有杯声晃荡出的『语音』；抽打诗人听觉的本应该是音乐，但音乐这『透明的液体』就像情人的双手一样，是轻柔的，晃荡出的本应是噪音，诗人听来却是和谐的，足以表现世俗的风景是多么的不悦耳，而这和谐的语音还在导出诗人的思想，『外面世俗的风景』或静或动的，都有可能会抽打诗人的听觉，愈发衬托出音乐的美好。既是本体的又是喻体的音乐，既象征朋友，又是音乐本身，二者合二为一，在诗歌中达到了和谐统一，使得诗人最后的情感得以升华。（邹建军、陈富瑞）

抒情方式
——给建筑工人

兄弟　展开你的抒情方式

一种勤劳和智慧

就在临湖的家园中产生

每一丝月色

每一寸阳光

都被你犁进深深的土地

并且渗出透亮的汗滴

那是蛰伏在抒情方式中的音符

点缀着我们可爱的家园

兄弟　我看见你

以稳健而充满力度的步伐

迈过江南高涨的湖汛

迈过城市的广场

将一个身影大写在蓝天

城市因你们而壮丽生动

你们因城市而丰富生涯

只是在夜阑人又静的时候

才想起应该用哪种最好的抒情方式

表达对山乡的眷恋

于是有了简单的旋律

有了粗糙的歌声

在城市的夜空久久回荡

乍一看诗歌的题目，能够想起的抒情方式无非是借景、借事、借典故等，心中充满疑惑。副标题是『给建筑工人』，那么诗人要给建筑工人这个特殊的群体什么呢？把建筑工人作为主题，在很多文学作品中都有体现，在诗歌中也不乏其例。随着社会对民工群体的关注，把建筑工人作为主题的文学作品也越来越多。此诗有两个明显的特点：一个是主题，一个是对词语的选择。

两个部分的开篇都是『兄弟』，一种抒情的意味扑面而来。在词语的运用上，作者用了一连串的动词。『展开』、『犁进』、『渗出』、『蛰伏』、『点缀』、『迈』等，这一连串动词形象地展现了建筑工人的工作、生活和精神状态。工作时是犁进阳光和月色——从早到晚，渗出的汗滴——饱满的忙碌的辛苦，迈着坚定的步伐——饱满的精神状态，还有蛰伏的音符点缀家园；接

下笔锋一转，『只是』，透出了在工作之余的生活。『兄弟，展开你的抒情方式』，在建设城市上空的时候，可以选择用『勤劳和智慧』抒情，可是在从『阳光』忙到『月色』，在装点了我们可爱的家园，这样一群忙碌的身影在让我们的城市变得壮丽而生动之后，又是怎样呢？灯火阑珊他们也会眷恋山乡，夜阑人静也会思家难眠，这一情感该用怎样的抒情方式表达呢？习惯了迈着稳健而有力度的步伐，用勤劳、智慧和汗滴在城市的蓝天中书写自己的身影，可是寻找一种最好的抒情方式的时候开始困惑了，于是诗人选取了也是回归了建筑工人最简单但也最真切的一种方式。『于是有了简单的旋律∕有了粗糙的歌声』，『简单的性格』对应着『简单的旋律』，『粗糙的双手』对应着『粗糙的歌声』。诗人写得越是简单、平常，就越能反衬建筑工人的不平凡。（邹建军、陈富瑞）

读油画《泉之梦》

没有旌旗猎猎没有鼓角号鸣
一阵驼铃自戈壁踽踽而来
以悠闲的步履踏碎古塬残阳
旷野凝重如出土的陶罐
一口冷冽的泉孔镶嵌其间

枣红马　枣红马
披上锦裘饮水玉泉边
定睛窥察傣家少女
婀娜的身段和一泻黑瀑
柔柔地流入水中
她们用玲珑的缸子
挽起那失落在泉边的梦
挽起白马少年自泉底的
翩然而至

艺术同源，书画同宗。用诗人的眼光去欣赏美术作品是艺术的碰撞，又是水乳交融，相得益彰。古塬，残阳，驼铃，傣家少女，静穆中透着青春的活力，那是至美的意境。浮现在读者眼前的这么一幅画，经诗笔点染，瞬间形象生动起来。直观效果很强，但如果能再挖掘点内在的元素，诗的效果会更加出色。

（杨孟芳）

端详，并直到自己变成端详的模样
——李冈作品解析

李犁

　　李冈的新洞庭湖诗歌绵长深邃，犹如晚霞落进波光潋滟的湖水中，既深情又充满思想的力量。

　　他站在今天的台阶上，来观照历史上那些金光闪闪的文化名人，试图从李白、杜甫、范仲淹等人的经历出发，从中找到造成他们命运的症结，以及命运中的因果关系。与以往别的写名人的诗歌相比，李冈的独特之处在于给这些文化名人找到了共同的场，也就是平台，那就是洞庭湖。这些名人都满腔的忧愤，都怀才不遇，那么就来洞庭湖吧！洞庭湖是一个疗伤的场所，是安慰剂也是他们的涅槃之地。洞庭湖不仅医治了他们心灵的创伤，让他们一吐内心的不快，更点燃了他们的情与思。于是，自然的美景刺激了他们的创造力，让他们才情涌动，各自造出了千古名句。那巍峨的朝廷早已灰飞烟灭，而他们的绝唱却千古流传，直到今天还新鲜如初。从这个角度来说，大自然就是诗人写作的源泉，也是诗人心灵和所有文学皈依的圣地。李冈无意中捅到了这个写作的穴位，诗歌的脉络也就打通了。于是，在洞庭湖，无法消除千古恨的李白，蘸着酒水，挥洒湖山："喝酒是不需正襟危坐的 / 那样品不出心绪 / 满腔怨愤　满怀豪放 / 都交付给月下独舞的剑光"。李白的精神创伤成就了艺术创作，李白的遭遇也把李冈的诗打制得犹如青铜剑，纯粹劲健，敲一下咣咣之音在湖面上传响。还有一生忧患的杜甫，"到岳阳楼时 / 只剩孤舟一叶 / 空负行囊"，于是老杜终将此地作了最后的归宿／且凭轩远眺　笔走龙蛇／将永不生锈的诗章写在／水之洞庭　楼之岳阳。这是自然拯救，也是诗歌拯救。所以李冈写起他们来，也变得像湖水一样自然流畅，连绵不绝且云蒸霞蔚。

李冈运用的是对比法，先写这些名人被整成枯槁的命运，然后到了洞庭湖生命开始返青并变得郁郁葱葱，更主要的是才思如泉，名句叠出。这也证实了自然拯救文学，更拯救心灵的道理。从创作方式看，李冈是先静观，剔除杂念，然后沉进这些文化名人境遇中去，站在他们的角度，以他们自己身份来抒写，所以这些诗歌就有了他们各自的温度和心灵的体悟和痕迹。

所以李冈把这组诗歌命名为《端详》，端详比起一般的看更用心，并伴有情感和思想，有考察体悟之意。所以这里端详就有几层意思，一、仔细端详体会这些文化名人；二、站在这些文化名人的角度，端详他们所处的时代以及人类与自然；三、端详也是一种写作姿态，只有认真地端详才能进入到心智飞翔的写作状态；四、端详更是一种境界，诗歌达到了值得端详，需要仔细地反复地咀嚼的地步，那这诗歌就有了回味和韵味，犹如空谷钟声，意犹尽而余音袅袅，且慢慢地扩散，直到整个心灵被笼罩和浸染：此时的洞庭湖诗兴大发／早已辨不清哪边是岛哪边是湖／不经意间揭开它的上游／竟然全是监墨水的芳香。这是李冈写台湾诗人余光中在洞庭湖的激越与豪情，诗中一扫前朝诗人的沉郁与低沉，一种嘹亮与敞亮的意境在洞庭湖上漫延开了。

这肯定也是李冈要抵达的境地，尽管现在还有距离。但在另外一些端详洞庭风景的诗歌中，李冈已经朝这个方向迈进："目送细雨斜斜，渔灯隐约／多少人夜卧兰舟，枕了一湖秋水／被巴陵的酒醉湿，半盏时光，半盏馨香"。短短几句，意境全出，而且越嚼越有味道。这里不见"我"，但我的情思无处不在。这就是无我之境，即以物观物，故不知何者为我，何者为物。这是因为端详与端详对象已经合一，也就是情景交融，物我两忘了。

这一切表明李冈是一个有情怀的诗人，当他以一己之心去捂热世界，烛照天地的时候，诗歌的境界就随洞庭湖上的烟波蒸腾起来了。

万般情愫 一吐为快

——李冈《青春作伴》中的情感世界赏析

谢作文

　　初识李冈之时，只感觉到他是个平和、阳光、英俊的大男人。当他把墨香飘溢的著作《青春作伴》放在我的跟前，让我几经咀嚼之后，我才惊叹地感受到了他的另一面。那是他那烫得着手烫得着心的情感世界。

　　本人自幼以来，一直有着爱读书的习惯。大概源于心善情多的缘故，使我较为偏重于文笔婉转柔美、情感丰富可人的书籍。读古典，我痴迷于百花般灿烂的诗歌词赋；读现代，我沉浸于原始般乡村的真情实感；读世界，我衷情于刻骨般动人的豪情壮志；读岳阳，我仰慕于天地般震撼的忧乐情怀。今天，透过李冈的《青春作伴》，让我站在一个高度上，感受到了李冈在这本诗集中赋予情感的另一个真实而又鲜活的面容。李冈的诗歌，取材于现实生活，相拥于青春年华。透过他的眼睛，能让你清晰地体验到万种风情；细品他的意韵，宛如一道营养丰富的大餐，无不滋养着人们的精神世界。

　　乡情的印记是真真切切的，乡情的歌唱是发自肺腑的。读李冈的《青春作伴》，开篇就能给你这样一个深刻的印象。诗人用朴素、简明、隽永的语言，加上纯熟的艺术技巧，抒发了自己浓郁的思乡之情，十分自然，毫无矫饰。"远远的乡间小道上／有熟悉的狗吠声／汪出我的乳名"，"一口清塘／漾出一波淳碧的起伏／反射我清澈的眸子／成泉涌的奔突"，"返乡／心海一次又一次涨潮"。这种乡情，在李冈的笔下直是浓郁得化不开来一样，它能让你感受到真挚朴实的乡情，它能使出门在外的游子，远离故土的人儿，引起感情上的强烈共鸣。"江南雨 / 打湿许多思绪 / 合上窗棂 / 仍有芭蕉雨声频传 / 扣击欲启欲闭的心扉"，"江南雨呵 / 纵使溅湿我简陋的诗行 / 可我的足音 / 无论如何也步不出漫长的 / 江南雨季"。作者出生在幕阜山下，透过江南风雨，我们能感受到故乡有作者童年的梦想，故乡有作者难能割舍的亲情，故乡有作者难以离弃的挂念。李冈这些纯朴自然，抒写乡情、乡事、乡恋的诗句，无一不诱发读者诸多方面的联想。

亲情，是诗词作者最常用的素材之一。一首歌颂亲情的好诗好词，能让你在那流淌的语言之中深深地迷醉，久久地回味。这说明其有不乏持久感人的力量。今之翻开《青春作伴》，这其中许多抒写亲情的诗句，就能给你带来如此之感受。这里截取其中一首诗我们来看看，"父亲汗流浃背 / 艰难地书写生活 / 可是父亲 / 我的勤劳朴实的父亲 / 当你摊开掌纹般的田畴 / 让我闻到泥的芳香时 / 我才知道我原是你田中的稻穗 / 被你的耕犁犁过千次万次 / 被你的荷锄锄过千遍万遍 / 然后 / 成熟了 / 成熟了却不能让你品尝 / 丰收的喜悦 / 而要走向另一个更加宽敞的怀抱 / 去迎合红绿灯的快慢节奏 / 去听那市井的喧嚣"，"于是父亲的父爱被盖上邮戳 / 深深地烙在我的心头"。一看，我们便可发现，这恬静自然的语调一读就抓住了你的心，立即就会让你如临其境，像是写的自己的心声一样，没有感觉到是在读诗。这就是李冈诗作的鲜明特点。李冈许多抒写亲情的诗歌，诸如《武汉送别兄弟》《那块菜地》《外公》《歌唱父亲》《兄弟》《茶·友》等等，虽是作者漫笔而兴，但无不是气韵非常，充满深情，走向读者内心的精品力作。

言及爱情，几乎无人不知无人不晓它是文学创作的一个永恒主题。现今文学样式中，大件小件也好，长篇短篇也好，仿佛无爱不成书。于是乎，为爱而写爱者众。李冈吟诗，也言爱，但读之，没有故弄玄虚迎合读者之感，只有情到极致一吐为快之感。"满帘风雨／满帘心事／心事中浮出你"，"还是李清照那阕瘦瘦的词／还是那个嗅青梅的你么"，"绵长的田埂上／曾贴满四行小小的脚丫／三月风飘进蜗居时／我便忆起在绿草坪上／那个找寻红草莓的你／红草莓／红草莓／曾是你美丽而真实的影子／幸福地笼罩着我的童年／我们所到之处／灿烂的春阳无不顺指流过／流过每一根欢稚的脉络"。时过境迁，自己虽然经世万千，但在这"满帘风雨"中，自己心上的人儿却在眼前浮现了。浮现了咋办？作者没有大事抒情，而是用田野追赶、采摘草莓等事实回忆起那段相爱的历程。作者在这回忆的过程中有意无意地流露出并渗入诗歌体内的这种情感，丝丝入怀，顺理成章。所以，读来颇受人喜爱。《无题》《这个黑夜想起你》《弹琴的女子》《误解一种声音》《狂想或自我抒情》《抚琴》《五月爱情宣言》《阳光地段》《婚姻的味道》等诗篇，无不缠缠绵绵、萦萦绕绕，时而仿佛一脸的淡淡忧郁，时而仿佛一脸的浅浅微笑，令人暗暗回味，让人阵阵冲动。

白马飞奔的方向
——李冈《青春作伴》读后

夏 阳

仁者乐山，山的伟岸在于追忆，在于怀想，在于深情回眸时洞悉我们最初的"出处"；智者乐水，水的魅力在于沉淀，在于渗透，在于喧哗归于寂静中寻找未来的走向；行者乐风，风的生命在于抚慰，在于行走，在于千里跋涉中体验人世沧桑；欲者乐情，情的真谛在于涌动，在于酿造，在于泪光朦胧中窥见血色桃花；明者乐游，游的乐趣在于展开，在于升华，在于翻阅山水时提炼生命炭精。

一部油墨香尚浓的诗集放在我的案头，这就是李冈的《青春作伴》。对于李刚，我感觉有太多的话要说，一半出于友情，一半出于义务。展读诗集，眼前浮出一幅风景：白马飞奔，蹄音如雷，如同平平仄仄的韵律，无论长啸或者仁望，都是一种风范。但是提起笔来却有些作难，因为解读李刚并不是件容易的事。这时候需要一杯酒，就着平江酱干与岳阳口味虾细嚼慢饮；这时候需要一盅浓茶，在酒精沸腾血液时找回理性；这时候需要摘下你的近视眼镜，游离的目光才能在如黛青山和喘息的河流里走得更远。

一、仁者乐山。山的伟岸在于追忆，在于怀想，在于深情回眸时洞悉我们最初的"出处"。

人类的起源已经有人类学家替我们考证过了，无需我们费心，但我们自身的"出处"是必须追问的，包括生养我们的土地，何时剪落至今仍然疼痛的脐带，以及我们体内始终无法改变的血型。我十分欣赏某位为官者提出的"一个好官，必须先有孝心"的议论，这对于诗人而言同样是无法回避的课题。李冈是个富有良知的诗人，从他把怀乡诗放在首辑就足以看出他对孝心与亲情的重视。如"熟悉的狗吠声／汪出我的乳名"（《返乡》），"可我的足音／无论如何也步不出漫长的／江南雨季"（《江南雨》），"没有诗人肯将佳句吟在石街／因而石街没有任何古迹"（《石街》）等等。特别是"段上，段上／你是我的奶娘"（《段上》），诗人的情感之潮已经突破了个体情结，上升到了一种普遍的高度。同样也是在《段上》，尽管作者反复强调"江边嬉水的少年不是我／河堤上吹笛的牧童不是我"，但明眼的读者都知道，"不是"即"是"，不承认即是承认，这种掩耳盗铃、此地无银三百两式的大拙胜巧，更显诗人的真纯可爱。在《那块菜地》里，菜蔬仍然青绿，祖父躬耕的身影就生动得无论如何也不能从记忆中消失。而象征外婆的《油灯》又让人顿生无限温馨的感觉。诗人注视《开山坳》的目光无疑表现得更为凄切、平静，对逝去的劳动者群体的悼亡树立起"人死留名，雁过留声"的共同的处世与道德标准。我敢肯定，李刚的怀乡不是简单的怀乡，他已经从幕阜山逶迤的阴影里掘到了他所需要的珍藏。

二、智者乐水。水的魅力在于沉淀，在于渗透，在于喧哗归于寂静中寻找未来的走向。

在旗帜芜杂、信仰缺失的世界里，许多东西都需要沉淀，比如水，比如思想。禅宗修炼讲究"禅定慧"，由禅而定而慧，是修成正果的不二法门。无法想象一个穿街过市的和尚能念好《四十二章经》，更无法想象一个不思不想的诗人如何能等来灵感。滴水千年，金石为开。淡泊明志，宁静致远。我们的祖先正隔着黄土不厌其烦地提醒我们。

收入第二辑的大都是一些充满思索的诗作。《空茶杯》

并非真正空着，因为还有茶水的余温，还有"客去"的怅然与依恋。音乐如梦，由《与音乐干杯》联想到与友人干杯，二者同样都是酣畅淋漓的事情，因此在"我"看来，清脆的碰杯声与音乐同样妙不可言。音乐与友人一虚一实，由实述虚，意象变得特别易于捕捉，这是诗人的聪明之处。在《中国的河流》里，作者沉思的目光延伸开来，对河流和历史作了一次深度审视，一旦自古意中读出新韵，目光自然变得坦然而自信。但作者的思绪并不是空泛的，经历为他提供了真实的载体和宝贵的原始素材。在《武汉送别兄弟》时，作者深谙"此时无声胜有声"的奥秘，所以全部送别过程除了望着火车呼啸远去，最经典的场景只是"握了握拳头"，这一握为意味深长的"一握"，实在胜过无数的"万语千言"。比较起来，《门》就显得更为理性，理性得让我们能够在寂静中听到开合的吱呀声。值得激赏的是，《跳舞》本来是件热闹的事情，闹中取静殊为不易，而能够体味出"生命原本是一支舞曲／即便走得轻松／也须踏中点子"，则需要超常的自制力。有了这份能耐，即便《醉酒》也并非真醉，不但对于《本命牛》的"我"仍然有清醒的认识，而且善于在《红窗帘》的遮挡下深居简出，甚至站在冰冷的《雨中》也在沉思：如何让《名字》更具意义。这不能不说是一种"功夫"。

三、行者乐风。风的生命在于抚慰，在于行走，在于千里跋涉中体验人世沧桑。

其实风是没有形体的，我们感受风仅仅依据摇动的草，起皱的湖水，大路上飞扬的尘土以及女人们飘逸的长发。甚至有的时候还只能依靠山谷啸音来确认风的存在，辨识风的脚步。听风辨器让我们产生某种快感：风来了，风离我们并不遥远。循着这个话题，《外公》可以说是一缕亲切的风，娓娓道来，如数家珍；《毛泽东与书法》是一股凌厉的风，气势如虹，撼天动地；《李白邀月》是一阵香味的风，香、形、色、声俱全，读来令人有微醉的感觉；《抒情方式》是一种汗味的风，汗息浓重，歌声粗糙；《歌唱父亲》是一股绵长的风，由时间而经历，"父亲"的品格凸现；《兄弟》是一股和煦的风，誓愿共守，祝福如歌。《岳阳楼人物》则是一缕历史深处飘来的陈年酒酿，历久而弥香，在风中，范仲淹、杜工部、吕洞宾乘着墨香酒香飘然而来，吏者、诗者、仙者众口一词：先忧后乐。如此我们还能说什么呢？

当然不能再说了，但忍不住还是要补上一句：风是客观存在的，关键是我们要如何才能握住它，它的律动，它的走向。

四、欲者乐情。情的真谛在于涌动，在于酿造，在于泪光朦胧中窥见血色桃花。

五谷杂粮把我们打造成一群欲者，欲者无罪，但绝不可以说欲者无情。情欲是我们熟悉的词汇，情排在欲的前面，可见情之重要。七情六欲也是我们熟悉的成语，七较之于六，占有绝对优势，不可小视。诗的奥秘说白了也只有八个字：诗为心声，缘情而发。但情拒绝虚情假意，我在"桃花"之前冠以"血色"，目的只有一个：强调情感的真实性。

李冈是这样酿造情绪、涌动情感之潮的："红草莓，红草莓／曾是你美丽而真实的影子／幸福地笼罩着我的童年"（《往事》），那是幼稚的、朦胧的早恋；"不求你爱／不想你恨"（《无题》），那是痛苦的、无奈的失恋；"这个黑夜，漆黑之夜／谁把一首民谣遗失在民间"（《这个黑夜想起你》），那是绝望的、烦恼的初恋；"弹琴的女子／微蹙双眉／她怕世俗的目光袭伤旋律"（《弹琴的女子》），那是恐惧的、胆怯的单恋。爱情以无法逃避的烦恼折磨着我们，《误解一种声音》《狂想或自我抒情》《过程》《抚琴》等都在不同的时段讲述着相同的爱情故事。但当真正的爱情来临的时候，诗人表现出的则是一副欢呼雀跃的情态；"推开亮丽的窗扉／爱情的诗篇蜂拥而至"（《五月爱情宣言》），"今夜的人，洁白如雪／令黑夜大放异彩"（《七月抒情》），此刻连别离也是美丽的，"哭泣"也是"美丽的"（《阳光地段》），所以《婚姻的味道》"虽然复杂／却很新鲜"。透过诗的脉络我欣喜地看到，经过生活和情感的打磨，一个男人站了起来，一个诗人站了起来。

五、明者乐游。游的乐趣在于展开，在于升华，在于翻阅山水时提炼生命炭精。

我曾对身边的朋友说起，不少诗人都存在一大通病，宗教意识缺乏，视野不够开阔。游历与读书都是开阔视野的最好方式。但我并不喜欢"某君到此一游"式的解说词，我倾心的是那种放飞山水精灵、提炼生命炭精的纪游诗。我之所以把辑五、辑六的诗作合并为一个主题，是因为我始终把读书、赏画也当成一种游历。《黑风景》缘于读书，《我不是仲永》缘于典故，这样的游历多数人都曾有过，姑且搁置一旁。我想说的是，李冈的纪游诗大多从山水灵动的景物构架中找到了属于自己的东西：浓缩的生存感悟，升华的生命炭精。

在《黄鹤楼》中，"萋萋的鹦鹉洲上随风而舞的／是汉阳的树"，化用贴切，了无痕迹，可视为佳句，但一旦领悟出"鹤的颜色／就是楼的颜色"，此诗便有了自己的风骨，自己的高度。《海南鹿回头》的人生领悟是，只要执着地追求，人生的目标就一定会实现。《桃之夭夭》抒写的是桃花在不同时代截然不同的命运。《泰国观人妖》展示的是不同民族、不同国度的审美差异。《吉隆坡的摩托》提醒人们珍爱生命，珍惜和谐。《梦》述说着愿望的美好和现实的残酷。《岳阳楼新景区组诗》旨在宣讲忧乐精神。一首诗一个主题，一片风景一方人生感悟，这就是李冈呈现给读者的"生命炭精"。

作为一个真正的诗人，他所期待的应该是高度而不是起点，更不是中途的鲜花和掌声，因为路途依然遥远。现在最关键的问题是，我们精神的路途仍然需要马儿以奔跑的姿态完成。路太长，太长的路只考验马和我们的脚力。我很欣赏李冈的一句诗："我不是王子／但我长鞭所指之处／必是白马飞奔的方向"。我相信，"白马飞奔的飞向"于李冈是一种自勉，一种自信；于我则是一种期许，一种祝愿。

后记

　　二十岁那年的夏天，我走进了岳阳楼。在这之前，我只是偶尔陪同同学或家人登览过它，短短的几十分钟时间，除了楼上的牌匾激起过片刻的书生情怀外，留给我的记忆委实有限，而现实告诉我，从今后，我将与之日日厮守，朝夕不离，身份由一名游览者变为管理者。殊料，这样的时日竟然持续了二十三年之久，连我本人都颇自惊诧。二十三年，整整一代人的时光，我的青葱岁月全都匿在这座楼上了，当猛然翻阅以往的回忆时，才发现湖风真的吹老了少年郎。

　　其实，我清楚不过的是能够留下我的并非只是一座楼，而是她厚重的文化内涵，悠久的历史沉淀，博大的忧乐情怀。古往今来，岳阳楼早已成为儒家文化的丰碑，华夏儿女心中不容亵渎的圣殿，人们对于这座楼的膜拜，让我心生感动，以至于多次放弃了调离的机会，而是在古楼文化的熏陶下，做一名虔诚的朝圣者。这些年来，出于对文字的敏感和尊重，写作与书法成为我工作之余的必尽之事，写洞庭涛声，书心中块垒，即便称不上传承，也算让自己的灵魂接受了洗礼，对古人好歹是种交代和告慰。

　　始终不敢回首，是因为时光真的很残酷。从 1988 年发表第一篇作品，已经将近 30 年，我从一个少年成为正宗的中年男人，这些年里，虽然谈不上视诗歌为生命，但对文字的眷恋却不曾有过改变，在诗歌写作上尽管时有中断，心中仍褒有诗情，也喜好在平常生活中找寻诗意的存在。

我写诗起步虽早，但成绩并不显著，虽然在参加工作后出版了三本诗集、一本散文随笔集，仍感觉进步平平，尤其很多时候陷入焦灼状态，对于创作方向的把握不甚明了，同时我又并非勤奋之人，难以高产，因而作品数量和质量都差强人意。2013年，是我在岳阳楼工作的第二十个年头，原想将二十年来的诗歌作品作一个回顾，又因其他无法原谅的事由拖延至今，才勉强成册。收入本辑中的作品均为我在景区工作期间所创作，大都发表、出版过，虽然粗糙，有些作品连我自己都不甚满意，但终归是一个印迹，深也好，浅也罢，毕竟是自己走过的路。之所以将1990年代、2000年代的也收录若干，主要想呈现这些年的创作轨迹以及写作上的变化。书名之"舞"者，乃舞文弄墨之"舞"也，藉以怀念我与这座楼一起送走的倥偬岁月。

书中的配照，大多为我平时在景区行走时偶然的发现并加以拍摄，离专业摄影亦有较大差距，不过是瞬间的记录而已。一花一木，一亭一阁，皆可随时入画，在此等得天独厚的条件下，激起创作的灵感，是再自然不过的事了。

感谢远在台湾的余光中先生题写书名，李元洛前辈在高温酷暑中亲撰序言。两位大师的关怀，难免会让本书显得头重脚轻，好在我姑且还算抓住了青春的尾巴，貌似还有更多努力的机会。

2016 年 10 月，岳阳楼下

图书在版编目（ＣＩＰ）数据

与楼共舞 / 李冈著 . -- 武汉：长江文艺出版社，2017.7

ISBN 978-7-5354-9423-8

Ⅰ . ①与… Ⅱ . ①李… Ⅲ . ①诗集－中国－当代

Ⅳ . ① I227

中国版本图书馆 CIP 数据核字 (2017) 第 034555 号

责任编辑：沉　河　　　　　　　责任校对：陈　琪
封面设计：国王与小鸟　　　　　责任印制：邱　莉　　胡丽平

出版：长江出版传媒　｜　长江文艺出版社
地址：武汉市雄楚大街 268 号　　邮编：430070
发行：长江文艺出版社
电话：027-87679360
http://www.cjlap.com
印刷：湖南雅嘉彩色印刷有限公司

开本：880 毫米 ×1230 毫米　1/32　印张：6　插页：3 页
版次：2017 年 7 月第 1 版　　　2017 年 7 月第 1 次印刷
行数：4259 行

定价：35.00 元